# 転生王子はダラけたい 10

TENSEIOJIHA DARAKETAI

朝比奈 和

Asahina Nagomu

ルイーズ
コルトフィア王国の女性騎士。だが、それとは別の顔もあるようで……？
アルフォンス・グレスハート
グレスハート王国の皇太子。弟フィルのことになると周りが見えなくなる真性ブラコン。
フィル・グレスハート
大学生・一ノ瀬陽翔《いちのせはると》が転生した本編の主人公。目立たずにダラダラ過ごすのが夢。

登場人物
CHARACTER
ヒスイ
少女の姿をした精霊。普段は穏やかな性格だが、怒ると怖い。
アリス
フィルの幼なじみ。賢くて機転が利く。
カイル・グラバー
クールな美形少年。闇の妖精に好かれる蝙蝠の獣人。
フィルの召喚獣たち
コクヨウ
ホタル
コハク
テンガ
ザクロ
ルリ
ランドウ

# 1

ステア王立学校中等部の夏季休暇。

俺――フィル・グレスハートは今、アルフォンス兄さん、友人のアリスやカイルと一緒に、コルトフィア王国を旅行している。

最終目的地は、アルフォンス兄さんの婚約者の待つコルトフィア王都にある城。

その王城まではコルトフィアを観光しつつ、ゆったりのんびりの馬車旅だ。

大変なことはひとつもない……はずだったのだが、またもやトラブル続出。

ピレッドの街では領主の密輸が発覚し、タズ村の森では魔獣ボルケノが大暴れ。

俺が解決へ導いたとバレないようにしつつ、領主の悪事を暴き、ボルケノを倒した。

本当に大変だったよぉ。のんびり旅なんてできやしない。

旅の唯一《ゆいいつ》の癒《いや》しといえば、ヴィノ村で会った可愛い子ヴィノたちと戯《たわむ》れたことくらいだ。

ともあれ、目的のコルトフィア王都まであと少し。未来のお義姉《ねえ》さんはどんな人なんだろう。

アルフォンス兄さんの弟として、コルトフィア王家の方々に好印象をもってもらわなくちゃ。

ヴィノ村を出発したその日の夜、俺たちは王都手前のサルベールという街に到着した。

ここは劇場や闘技場など、娯楽《ごらく》施設が多い。コルトフィアでも有名な観光の街である。

アルフォンス兄さんの提案で、この街で数日観光してから王都へ向かうことになっていた。

まぁ、ピレッドやタズ村の件があったせいで、俺の単独観光は許されず、アルフォンス兄さんと一緒にという条件付きなのだけど。

俺は宿屋の窓から、外の大通りを見下ろした。

この世界にもランプ式の街灯はあって、道を照らしてくれる。

サルベールは通りに街灯がたくさん並んでいるんだな。今まで行ったことがある街で、夜でもこんなに明るいのは初めてだ。

これだけ明るかったら、日が暮れてからも出かける気になるよね。

うちのグレスハート王国は、王都の大通りでさえ街灯が少なかったもんなぁ。

日が暮れたら寝て、日の出とともに起きる農業国民が多いからだろうか。

ただ、ステアやドルガドの王都も、ここまで街灯は多くない。大通りを外れると真っ暗だった。

グラント大陸の船の玄関口でもある商業国カレニアの港街は、夜でも煌々《こうこう》と明るかったけれど、それは港の一画だけで、街全体で比べたらこのサルベールに敵《かな》わないだろう。

窓の外を歩く観光客は、劇場通りと呼ばれる通りへと向かっていた。劇場通りとは、その名の通り小劇場や大劇場が並んでいる道である。

サルベールには大小様々な劇場があって、昼も夜も演劇や歌劇が観《み》られるようになっている。

観客を飽きさせないよう、同じ演目でも昼と夜とでガラリと内容を変えたり、お客の反応を見て日々構成を変えたりするそうで、一週間毎日、昼の部と夜の部に通うなんて人もいるらしい。

せっかく来たのだから昼も夜も観たいけど、子供の俺に許されているのは当然昼の部のみである。

……早く大人になりたい。

仕方ないのでサルベールに到着した日はそのまま就寝し、観光は明日に持ち越されることになった。

◆　◆　◆

翌日。まずひとつ目の観光は、大劇場で歌劇を観ること。

アルフォンス兄さんと俺とカイルとアリス、アルフォンス兄さん付きの近衛兵であるリックやエリオット、さらに六人の護衛の合計十二人。

王族としての街観光となると、護衛の人数がどうしても増えてしまう。

本当は庶民観光で気軽にちょこちょこ巡《めぐ》りたいけど、今回は我慢するほかない。

王族や貴族専用の入り口から劇場に入り、二階のボックス席に座る。

ボックス席は周りが囲われているタイプで、小声で会話するくらいであれば、他の観客の迷惑にならなそうだ。

アルフォンス兄さんは隣に腰掛けた俺を見て、満足げに頷く。

「やっぱり水色の服を選んで良かった。さり気なく入っている銀糸の刺繍《ししゅう》が、フィルの髪色にとても似合っているよ」

この服を着てから、十数回目にもなるお褒めの言葉である。

小劇場なら普段着で気軽に観られるが、大劇場は正装もしくは正装に近い格好というのが暗黙のルールとなっている。

観劇をした後も観光を続けるので完全なる正装ではないが、俺たちも全員ドレスアップをしていた。もちろん護衛のリックたちも、近衛兵の正装を着ている。

それにしても、相変わらずアルフォンス兄さんは、手放しで俺のこと褒めてくれるなぁ。

ただ、俺もこの服は装飾が控えめなので、とても気に入っている。

「ありがとうございます。アルフォンス兄さまも、すごくお似合いですよ」

「そうかい？　ありがとう」

爽《さわ》やかに微笑むアルフォンス兄さんは、金糸の刺繍が施《ほどこ》されたピーコックグリーンのジャケットを着ていた。刺繍だけでなく生地自体にも光沢《こうたく》があるので、とても華やかだ。

アルフォンス兄さんだからこそ、着こなせる服だと思う。

すると、隣でぼそぼそと話すカイルとアリスの声が聞こえた。

「この格好、落ち着かないな」

「実は、私も。ドレスが素敵過ぎて、緊張するわ」

カイルは黒をベースとした正装で、アリスは薄いピンクのドレスを着ている。

アルフォンス兄さん自《みず》ら見立てて用意した服だけあって、二人ともとても似合っていた。

しかし、本人たちにしてみると、高級感のある服はひどく緊張するものらしい。

わかる。俺だって少し慣れてはきたものの、前世からの庶民感覚が抜けきらなくて、汚したらどうしようってすぐ考えちゃうもんな。こういう綺麗な服より、断然普段着のほうがいい。

まぁ、劇を観るためには我慢するほかないのだけど……。

何せリックおすすめの、今サルベールで一番有名な劇団の歌劇だって話だからな。

最新の時事ネタを取り入れる自由さ、脚本の面白さ、役者の歌唱力や演技力、どれをとっても素晴らしいと言っていた。

「わぁ、満席ですね」

劇場内を見回しつつ言ったアリスに、後ろで控えていたリックが微笑む。

「昨夜チケットを買いに来た時、売り場の子が最新作をやるって教えてくれました。皆、その噂《うわさ》を聞きつけて来たのではないでしょうか」

なるほど。多くの観客がどこかわくわくした顔をしているのは、最新作が観られるかもしれないという期待によるものか。

「それにしても、昨日の今日でよくチケットが取れたね」

俺たちが街に着いたのは夜だ。これだけ人気なら、その時間帯にチケットを買いに行って、人数分を手に入れるのは奇跡に近い。

すると、リックは少し首を傾げる。

「そこが不思議なんですよね。この席が一般席より少し金額が高いこともあるのかもしれませんが、わりとすんなり取れたので驚きました」

すんなり？　突然のキャンセルでも出たのだろうか？

俺も一緒になって首を傾げたその時、劇場内の灯りが徐々に消えていった。

軽やかな音楽が流れ、舞台の幕が上がる。


まずはヴィノたちがのどかに草を食《は》むシーンから始まった。

ヴィノはコルトフィアで神聖視されている山羊《やぎ》だ。

へぇ、動物も役者が演じているのか。

顔を白塗りにしてヴィノの顔を描き、頭には角、体に毛糸をつけている。

四《よ》つん這《ば》いの状態なのに、動きは滑《なめ》らかで、ヴィノの動きが上手く表現されていた。

メェメェという鳴き声を使い、ヴィノ役が歌う。そこへヴィノ遣いや村人の役者が現れ、ヴィノ役の声に合わせて、平凡ながら幸せな日常を生き生きと歌いあげる。

肉声であるにもかかわらず、彼らの歌声はホール全体に響いた。

この出だしだけで、表現力も演技力もすごいことがわかる。

のどかな雰囲気は、ヴィノと村人の住む平和な村に、新しい領主がやって来たことで一変する。

村人は強欲な領主に搾取《さくしゅ》され、虐《しいた》げられて弱っていく。

ヴィノたちは人々から感じた苦しみを、ヴィノの神様へ訴えた。

その神様は人の言葉を話すようで、威厳《いげん》のある声で歌いながら村人たちを思って憂《うれ》い、苦悩する。

やがてヴィノの神様は、神の言葉を届ける使いをヴィノたちに授けるのだった。

「神の言葉を届ける……使い？」

何か……この内容どこかで……。

俺が前のめりになって舞台を観ていると、岩山のセットに乗ったヴィノの神様が消え、入れ替わりで帽子をかぶった子供が現れた。

帽子を目深《まぶか》にかぶっているので顔はよく見えないが、その子供役は小柄な女性が担当しているみたいだ。

少年のような声色で、その役者はヴィノたちに向かって言う。

「私はヴィノの御使い!!　神より命《めい》を受け、領主の悪事を白日《はくじつ》の下《もと》にさらす!!」

その宣言に、ヴィノ役だけでなく観客たちからも歓声が上がる。

ヴィノの御使い！

これってもしかして、ピレッドの事件のこと？

そしてあのヴィノの御使いは、俺かっ!?

「あ、あ、アルフォンス兄さま、これって……」

「今回の最新作はピレッドの一件のようだね。時事を取り入れるのが早いとは聞いていたが、これほどまでとは……」

唸《うな》るアルフォンス兄さんに、俺は眉を下げて困り顔をする。

「感心してる場合ではないです。僕たちのこと、劇にされちゃってますよ」

これは、ピレッドの街で領主の悪事を暴いたことを演劇にしたものだ。

ピレッドの街でヴィノと散歩をしていた時、俺が領主家のことを話題にすると、以前から領主家を良く思っていなかったヴィノたちは物申してやると意気込み、暴走を始めた。

そのヴィノたちが持ってきた不正の証拠や、アルフォンス兄さんの活躍によって領主の罪が明らかになったまでは良かったのだが……。

不本意ながらヴィノの群れを引き連れて屋敷の屋根に現れた俺は、街の人々に「ヴィノの御使い様」と呼ばれ、像まで作られることになってしまった。

帽子を目深にかぶっていたので顔はバレていないはずだが、どうにも居心地が悪い。

ボックス席だからそこまで気にせずともいいのに、状況が状況なだけに自然と声を潜《ひそ》めてしまう。

「そうだね。この劇のヴィノの御使い役も確かに可憐《かれん》だが、フィルに比べるとやはり内から輝く可愛らしさが足りないよね」

アルフォンス兄さんはジッと舞台を見つめて、眉をひそめた。

俺が言いたいのはそういうことじゃないんだが……。

劇にされたということは、この話が一気に人々に広がるということだ。

いや、まぁ、内容としてはピレッドの人々の認識とほぼ変わりはなく、全くの嘘ってわけでもないのだけど……。

「アルフォンス殿下。もしかしてリックがチケットをすんなり取れたのは、私たちをグレスハートの一行だと気がついてのことでしょうか」

エリオットが言うと、アルフォンス兄さんは舞台を見つめながら頷いた。

「昨夜私たちが到着した時点で、すでに情報を入手していたのかもしれない。今日この演目にしたのも、私たちを意識してだろう。そう考えると、劇団の中に随分情報収集に長《た》けた者がいるものだね」

確かに、ストーリーはドラマチックになってはいるが、内容はとても忠実だった。

ピレッドの件を知っている人が、すぐに劇の内容と結びつけられるくらいに……。

舞台では旅の途中に村に立ち寄った王子が、ヴィノの御使いとともに領主を糾弾《きゅうだん》していた。

その役者はアルフォンス兄さんと雰囲気の似ている、華やかな美形だ。

ヴィノの御使いがキャスケットの帽子をかぶっていることからも、人物の特徴を捉《とら》えたキャスティングや衣装といえる。

「領主を引っ捕らえろっ！」

「ハッ！」

王子の命により、兵士が領主たち家族を捕らえる。

「王子様お許しをっ‼　お許しをぉぉぉぉっ‼」

「いやぁ！　どうして私がこんな目に遭《あ》うのっ！」

領主一家が連れて行かれると、村人たちは歓喜の声を上げた。

そして岩山に立ったヴィノの神様と御使いに、村人たちが感謝の歌を捧《ささ》げる。

そんな感動的なフィナーレで、舞台は幕を閉じた。

幕が下りてしばらくしても、観客たちからの拍手は鳴り止まない。

俺たちも観客と一緒に、拍手を送る。

題材の問題はあるが、劇自体はとても素晴らしかった。その賞賛は素直にするべきだろう。

幕が再び開いて、役者たちが揃《そろ》って観客にお辞儀《じぎ》をする。

王子様役の人が真ん中にいて、役者たちにお辞儀を促す。若そうに見えるが彼が団長なのだろうか。

挨拶を終え幕が下がっていく中、舞台の彼がこちらを見た気がした。

ランプが灯り、劇場内が再び明るくなると、観客が席を立ち始めた。

劇に夢中で、何だかあっという間だったなぁ。

「私たちもそろそろ移動しようか」

微笑むアルフォンス兄さんに、俺たちは頷く。

「昼までに少し時間があるけど、どこか行きたいところはあるかい？」

尋ねられて、俺は考え込む。

行きたい場所は、闘技場だけど。そこはカイルがゆっくり見たいだろうから、昼を食べた後のほうがいいよな。

街並みを見るだけでも楽しいが、アリスがいるから買い物ができるお店を回るのもよさそうだ。

そんなことを考えていると、安全確認のため先にボックス席を出たリックとエリオットが戻ってきた。エリオットは軽く礼をして、アルフォンス兄さんに向かって報告する。

「アルフォンス殿下。外に劇団の者が来ております」

「劇団の者が？　どうして？」

アルフォンス兄さんが不思議そうに尋ねると、リックが声を少し潜めて言う。

「劇団の座長がぜひご挨拶したいと申しているそうです。もしご了承いただけるなら、外にいる者が案内するそうですが……。いかがなさいますか？」

リックの問いに、アルフォンス兄さんは小さく唸る。

アルフォンス兄さんが彼らを警戒する気持ちはわかる。

一般的に劇団の多くは、劇団運営のためスポンサーを欲している。

権力者に後ろ盾になってもらえれば、金銭面の援助だけでなく、いろいろと優遇してもらえることもあるからだ。

だけど、この劇団はおそらくスポンサーを求めてはいない。

理由はこの劇団の良さ——時事ネタを自由に取り上げているという点にある。

スポンサーが関わってくると、演目の自由度が失われるし、場合によっては都合のいい脚色を要求されることもあるからな。本来の良さを失って、固定ファンを逃しては本末転倒だ。

この劇団は俺たちが劇場にいるとわかって、ピレッドの演目を行った。

ならば、これもただの挨拶ではなく、何かしらの意図のある接触と考えるのが妥当だろう。

何にしても、実際会って話を聞いてみないとわからないか……。

「アルフォンス兄さま。僕、その座長さんとお話ししてみたいです。アルフォンス兄さまも気になっていらっしゃることがあるのでしょう?」

俺がそう言うと、アルフォンス兄さんが少し困った顔をした。

「確かにそうだが……」

「ご挨拶して、それからお昼を食べに行きましょう」

俺の微笑みに、アルフォンス兄さんは苦笑して俺の頭を撫でた。

「わかったよ。じゃあ、座長に会いに行こうか」


俺たちがボックス席から出ると、劇団員は劇場内にある客間へと案内した。

そこは上流階級の人を通す特別な部屋らしく、豪華な調度品が並んでいる。

部屋の中には、こちらに向かって深々と頭を下げる人物が三人いた。

「申し訳ありません。私が自らご案内するべきでしたが、舞台終わりの姿はとてもお見せできるものではありませんので……」

綺麗に整えられた服装は清潔感があった。汗臭さどころか、ふんわりと香油の香りもする。

どうやら案内してもらう間に、着替えてきたらしい。

「それは承知している」

アルフォンス兄さんが軽く頷き、劇団員に顔を上げるように言う。

真ん中にいたのは、先ほどの舞台で王子役をしていた彼だった。

俺たちにソファを勧め、アルフォンス兄さんの許可を得て、彼らも対面しているソファに座る。

「私は劇団ジルカを率いております、座長のリベル・オーヴィンと申します」

やはりこの人が、座長だったのか。

満面の営業スマイルで挨拶するリベルの口調は、とても快活で歯切れが良かった。

俺たちの手前、言葉遣いに気をつけてはいるが、チャキチャキとした元気さが言葉の端々《はしばし》に感じられる。

二十代前半かな？　その年齢で座長は、やはり若い。

舞台の上ではアルフォンス兄さんに雰囲気が似ていると思ったが、リベル本人を前にすると、あれは演技によるものだったのだとわかる。

金髪碧眼《へきがん》で華やかな点は共通しているが、元気な口調や仕草はアルフォンス兄さんにはないものだ。

「隣にいるのが劇団の脚本と劇場管理を任せているグラン・ケイブ。うちの劇団の看板役者のユラ・ミニマです」

リベルの右隣にいるグランという人は、黒髪で体が大きいわりに、全体的に印象が薄かった。

チラチラとリベルを見て、彼が何か粗相をしないかと不安そうな顔をしている。

リベルの左隣にいるユラという人は、とても小柄な女性だ。

身長やその線の細さから、おそらくこの人がヴィノの御使い役を演じた人だろう。

赤い髪のショートカットで、舞台ではあんなに生き生きとしていたのに、今は無表情だった。

何を見ている風でもなく、ただ前を見つめている。

まさに三者三様だな。

「私はグレスハート王国皇太子アルフォンス・グレスハート。こちらが末の弟のフィル、弟の友人のアリスとカイルだ」

紹介されて俺たちが軽く頭を下げると、リベルはそれに微笑む。

「グレスハート王国の皇太子殿下様方におかれましては、サルベールの数ある劇団の中から我がジルカの公演を観に来てくださいまして、まことにありがとうございます」

そう言って綺麗な所作でお辞儀をすると、両側の二人も続いてそれに倣《なら》う。

「とても素晴らしかったよ」

「ヴィノの演技が本物みたいでした」

「皆さん歌が本当にお上手で、聞き惚《ほ》れてしまいました」

「踊りの陣形がすごかったです」

アルフォンス兄さんに続き、俺とアリスとカイルが感想を述べた。

「ありがとうございます」

ユラは恐縮するように小さくお辞儀をし、リベルとグランは安堵した顔で笑う。

「お褒めの言葉をいただいたこと、皆に伝えます」

「練習時間がほとんどなく不安でしたが、そう評価いただけたなら良かったです」

そりゃあそうだろうな。あれがピレッドの事件をネタにしたものだとすると、一週間も経っていない。

脚本や歌を作る必要もあるから、ほとんど練習の時間はなかったに違いない。

「あれは……ピレッドの出来事を取り上げた演目なのだろう？」

アルフォンス兄さんの切り込んだ質問に、グランの喉がわかりやすいぐらいにゴクリと動く。

「その通りです」

リベルが答えると、アルフォンス兄さんは三人をジッと見つめて言う。

「内容の正確さにも驚かされたよ。随分詳しく調べたものだね」

口調は穏やかなのに、誤魔化《ごまか》しがきかない雰囲気がある。

そのオーラには、さすがのリベルも笑顔が少し強《こわ》ばった。

「うちの劇団の中に、話のネタを集めることだけを仕事とする者たちがいるんです。ただ、今回は特別でして……。グランとユラがピレッドに里帰りをしていた折、たまたま事件に居合わせました」

あの野次馬の中に、グランたちがいたのか。全然気がつかなかった。

屋根の上からだと遠かったし、見に来ていた人の顔をちゃんと見る余裕はなかったもんな。

それにグラン自体の印象が薄いうえに、ユラは小さい。見えていても認識できたかどうか……。

「実は我々は早くに親を亡くし、ピレッドの孤児院で育ちました。領主の悪事には感づいておりましたが、証拠がなくては孤児院に迷惑がかかると思って何もできず……」

「今回私たちが里帰りしたのも、本格的にその悪事の証拠を集めようと考えたからなんです」

グランとユラがそう話すと、リベルが少し興奮して言う。

「グランたちからアルフォンス皇太子殿下が領主を断罪したという話を聞いて、私は胸のすく思いでした！　あのヴィノの御使い様も、もしや手配された者ですか？　そちらの護衛の方とヴィノ遣いが、その場に一緒にいたそうですが……」

ヴィノ遣いのロデルさんとリックたちがいたところを、どうやら見られていたらしい。

話の内容からすると、俺がその御使い様だとは気づかれていないみたいだけど……。

リベルに尋ねられたアルフォンス兄さんは、微《かす》かに笑う。

「さぁ、どうかな。私は知らないよ」

含みのある否定を、リベルは肯定と捉えたらしい。

「わかっております。決して他言はいたしません。アルフォンス皇太子殿下は我々の故郷を救ってくださった恩人ですから」

リベルは真剣な顔で言い、グランとユラもしっかりと頷く。

「ピレッドの一件を最新作の劇に選び、僕たちに観せたのはなぜですか？」

俺がそう尋ねると、リベルはこちらに視線を向ける。

「アルフォンス皇太子殿下がどういった方であるか、我が国民に広めることはとても重要だと考えたからです。同時に我が劇団に興味を持っていただき、我々の情報の速さ、正確さを認識していただきたいという気持ちもありました。それには、ピレッドの件を劇としてお観せするのが一番かと思いまして」

リベルはそう言って、にっこりと笑う。

「コルトフィア国民に広めるのが重要？　それは、ルーゼリア王女殿下の相手としてふさわしいかどうかを問われているということですか？」

俺の質問に、リベルは神妙な顔つきになった。

「そうです。我が国では今、アルフォンス皇太子殿下とルーゼリア王女殿下のご婚姻に関し、良くない噂が流れております」

それを聞いて、アルフォンス兄さんは微《かす》かに苦笑した。

「私たちの婚姻が破談になるという話かい？」

アルフォンス兄さんもやはり知っていたのか。

その噂なら、俺もピレッドの食堂で偶然耳にしている。

ただ、ピレッド領主の娘さんがアルフォンス兄さんに好意を寄せていたので、彼女が流した噂じゃないかって思ってたんだよね。だから、ピレッドの街だけの噂だと思ったのに……。

「ご存じでいらっしゃいましたか。実は最近、その噂に加え、破談の理由についての様々な憶測が飛び交っております」

「まだ破談になってもいないのにですか？」

目を瞬《またた》かせる俺に、リベルはため息をつく。

「噂する者の中には、理由を推測することを楽しむ者も多いのです。我々はそういった人々によって情報を得ることもあるので、一概にその者たちを責めることはできません。まぁ、以前はひどい偽情報を掴《つか》まされて、そのネタ提供者のところに怒鳴り込んだこともありますけど、今は真偽の見極めができるようにはなって……」

ブツブツと愚痴《ぐち》っぽくなってきたところで、隣にいたユラがリベルの耳を引っ張る。

「イテテテ！」

「話がずれてる……」

ボソリと言うユラを、リベルは耳を押さえながら睨《にら》んだ。

彼女に対して一言文句を言いたそうだったが、俺たちが見ているからか、グッと堪《こら》える。

リベルは小さく深呼吸して、俺たちに視線を戻した。

「憶測の内容の中には、二国間で諍《いさか》いが起こったのではないかとか、もっと大きな国の皇太子から求婚されたらしいといった話がありました。しかし、最も多かったのはアルフォンス皇太子殿下の人となりに関することです」

アルフォンス兄さんの性格や言動ってこと？

破談の理由にされているんじゃ、きっと良くないことを言われているんだろうな。

アルフォンス兄さんは穏やかな顔のままだったが、俺は微かに眉を寄せる。

ブラコンすぎて困ることも多いけど、それを除けば優しくて聡明な、尊敬できる兄だ。

噂をする人たちは、実際のアルフォンス兄さんに会ったことがないから好き勝手に言っているのだろうが、だからこそいい気分はしない。

　俺のそんな雰囲気を感じ取ったのか、リベルとグランは慌てる。

「アルフォンス皇太子殿下のでたらめな噂に関して、我々は以前から好ましくないことだと思っておりましたよ」

「だからこそ、ピレッドの一件でアルフォンス皇太子殿下の聡明さや慈悲深さに触れ、そのような噂は直《ただ》ちに払拭《ふっしょく》すべきだと考えました」

「なるほど。それで、今回の演目というわけか。ピレッドの事件を知る者なら、君たちの歌劇を観れば、きっと事件と劇を結びつける。劇の内容も相まって、私は英雄のごとく思われるだろうね」

　感心するアルフォンス兄さんに、リベルは満足げに頷いた。

「はい。噂には噂をということです。コルトフィア国民の人気を得ることはとても大事です。ここだけの話、コルトフィアの国王様はとても気が優しく、他の人の意見をよく参考にされる方ですので……」

　それ……他の意見にすぐ流されちゃう王様ってことじゃないか？　大丈夫なの？

　王位は世襲だから、王様に向いていない人がその地位に就《つ》くこともある。周りが支えてくれれば問題ないが、あまり頼りすぎると王の威厳も権力も弱くなるんだよな。

　コルトフィア国王に関するリベルの話は真実なのかどうか気になり、俺はチラッとアルフォンス兄さんを見上げる。

別段驚いた顔はしていないので、おそらくその通りなのだろう。

「君たちはどうしてここまでやってくれるのかな？　故郷を救った感謝だけが理由だとは思えないのだが……」

アルフォンス兄さんは瞬きもせず彼らを見据え、その意図を探る。リベルは感嘆の息を吐いた。

「さすが、鋭い御方ですね。ピレッドの領民を救ってくださったことへの感謝は、もちろん嘘ではありません。ただそれよりも、ルーゼリア姫がお選びになったお相手だからこそ、ご協力したいのです」

ルーゼリア姫……。その呼び方には、どこか親しさが感じられた。

何だか王族に対する尊敬とは少し違う好意も感じられる。

「もしかして、ルーゼリア王女殿下とお知り合いですか？」

感じた疑問をそのまま口にすると、三人はコクリと頷いた。

「初めて姫様にお目にかかったのは、十年前です。王家の方々が私たちのいた孤児院に立ち寄った際、私たちは歌を披露しました。その時、姫様が『歌が上手《うま》いから、歌劇役者になるといい』と勧めてくれました。姫様にとっては思いつきだったかもしれません。でも、それがいつしか、私たちの大きな夢になったのです」

グランの話で、ユラは当時のことを思い出したのか懐かしそうに微笑む。

それは今までずっと無表情だった分、ふわりと雪が解けるかのような笑顔だった。

「劇場を立ち上げた際には、お祝いに駆けつけてくださったんです。今もよく公演を観に来てくださいますし、本当にお優しい方です」

ユラの表情や口調から、本当にルーゼリア王女のことが好きなのだと伝わってくる。

それに、彼らから語られるルーゼリア王女は、とても素敵な女性なんだとわかった。

「ステアに留学中、ルーゼリアから君たちのことを聞いたことがあるよ。知り合いに、劇団を立ち上げた子たちがいると。ただ、その時に聞いた劇団名は『ジフュリーゲルス・ルーゼリア・カーマイン劇団』だったと記憶しているのだけど……。違ったのかな？」

小首を捻《ひね》るアルフォンス兄さんに、グランたちは笑った。

「それは劇団ジルカの初期の名前ですね。ジフュリーゲルスは孤児院の名、ルーゼリアは姫様のお名前、カーマインは孤児院の院長様の名前です」

「私が何度か舌を噛んだので、名前を省略しました」

困り顔で肩を竦《すく》めるリベルに、俺たちは小さく噴き出す。

「ぜひ私たちを信じ、お二人のために協力させていただけないでしょうか。アルフォンス皇太子殿下にも、情報を仕入れる者は当然いらっしゃるでしょうが、市井《しせい》に詳しい私たちの情報もきっとお役に立つかと思います」

リベルは背筋を正して、俺たちに頭を下げた。ユラやグランも続いて頭を下げる。

三人の真剣な様子に、アルフォンス兄さんは静かに頷いた。

「わかった。君たちを信じよう」

その言葉を聞いたリベルとグランは安堵に頬を緩め、ユラはそっと胸をなで下ろす。

「ありがとうございます！　精一杯お役に立ってみせますので！　いやぁ、ホッとしました。我々を信じてくださらなかったら、どうしようかって思っていたんです」

テンションの上がったリベルの耳を、ユラが再び引っ張る。

「イテテテテ！」

「調子に乗らない……」

再び無表情に戻ったユラを、リベルが睨んだ。

「抓《つね》る前に口で言えよ。お前は言葉が足りないんだよ」

小声で非難するリベルに対し、ユラは謝るどころか小さくため息をつく。

「……面倒」

「面倒ってなんだよ。俺に注意することすら面倒だってのか？」

なおも声を潜めつつ文句を言うが、ユラは相手にしていられないと思ったのか聞こえないふりだ。

「無視すんなよ。本当に面倒がるなよ。俺、座長だぞ」

「座長？　……フッ」

鼻で笑われて、リベルは顔を覆う。

「それ一番傷つくやつ！」

ほとんど表情を変えないユラに対し、リベルの表情は苛立《いらだ》ち、怒り、嘆《なげ》きとコロコロ変わる。

そんな二人に、グランは顔を蒼白にしてチラチラとこちらを気にしていた。

「二人ともやめろって。皇太子殿下様方の御前で失礼だろ」

グランに窘《たしな》められ、ハッとしたリベルとユラは、殊勝《しゅしょう》な様子で頭を下げた。

「……お見苦しいところをお見せいたしました」

いつもこんな感じなのかな？

初めこそ王族相手ということもあって気を張っていたみたいだが、安心したことでそれが切れてしまったようだ。

ちょっと呆気にとられていた俺たちも、頭を下げる三人の姿に顔を見合わせて思わず笑ってしまった。

## 2

我々にできることがありましたら、いつでもご連絡ください、というリベルたちと別れ、俺たちはサルベール観光を再開することにした。

リベルおすすめのお店でご飯を食べて、のんびり歩きながら闘技場へ向かう。

「ご飯、美味《おい》しかったなぁ」

歩きながら自分のお腹をさすると、アリスは笑って頷いた。

「私もちょっと食べ過ぎました」

「サルベールには何度か来たが、あの店は知らなかったよ。さすがリベルだよね」

アルフォンス兄さんはそう言って、小さく唸る。

リベルが教えてくれたレストランは、劇場の裏通りにあるサルベール地方料理専門店だった。

看板やのれんがなく、入り口が奥まった場所にあって、まさに知る人ぞ知るといった感じだ。

その料理は洗練された盛り付けなのに、優しくて素朴《そぼく》で、どこか懐かしい味がした。

美味しい料理に満足して歩いていると、アルフォンス兄さんが通りにあるお店の前で足を止める。

「フィル。サルベールに来た記念に何か買おうか？　このクッションはどうだい？」

そう言って、店先に並んでいる山羊の顔のクッションを指差す。

「アルフォンス兄さま。クッションなら羊のものがありますから、これはいらないです」

俺がきっぱりと断ると、アルフォンス兄さんはしょげた顔をする。

そんな顔をされると、こっちが悪いことをしているようで胸が痛む。

だけど、俺が「いいですね」とでも言おうものなら、アルフォンス兄さんは際限なく買ってしまうからなぁ。

その時、店の奥にいた女性二人が何やらこちらを見てヒソヒソと話しているのが聞こえた。

地味なドレスを着ているがお付きの者がいるので、貴族のご婦人が街中をお忍びで散策しているのだろう。

「お聞きになりました？」

「ええ。どういたしましょう。アルフォンス皇太子殿下とフィル殿下でいらっしゃいますわ」

「サルベールにご滞在中というお話は、本当でしたのね」

しまった。うっかり名前を呼んだから、ばれちゃったらしい。

この護衛の数と服装じゃ、王族だってバレバレだもんなぁ。

リベルが歌劇で、アルフォンス兄さんのイメージを回復してくれているんだ。これ以上変な噂が立たないよう、ちゃんとしなくちゃ。

俺がキリリと気持ちを引き締めていたら、胸にモフッと柔らかいものが当てられた。

先ほどのクッションではない。山羊のぬいぐるみだ。

「じゃあ、このぬいぐるみはどう？　フィルの好きなモフモフだよ」

ニコニコと微笑むアルフォンス兄さんに、俺は脱力した。

アルフォンス兄さん……。なぜにこの状況で……。

確かにモフモフだ。ヴィノの毛糸を使っているのかな？　一般的なぬいぐるみとは質感が全然違う。

「モフモフですけど、ぬいぐるみはいりません」

再度きっぱり言う俺に、アルフォンス兄さんが悲しげな顔をする。

「記念だよ?」

またそんな顔を……。

「だ、だって、アルフォンス兄さまにいただいたぬいぐるみが、たくさんありますし……。それにもうぬいぐるみが似合う歳《とし》でもありませんし……」

第一、あの女性たちにどう言われるのか。

俺がチラッと見ると、彼女たちは慌てて目を逸《そ》らし、今度は店主のところに行ってヒソヒソ話している。

何? 何を話してるんだ?

俺が山羊のぬいぐるみを抱えて不安になっていると、店主がこちらにやってきた。

「あちらのご婦人が、こちらのぬいぐるみをサルベールの思い出に差し上げたいと……」

「え! 僕にですか?」

驚いてご婦人の姿を捜《さが》すと、彼女たちはお代を支払い終え、もうひとつある店の出口から出るところだった。

「あの、ありがとうございます!」

「素敵な思い出の品を、ありがとう」

俺が慌ててお礼を言い、続いてアルフォンス兄さんがにっこりと微笑む。

彼女たちはたちまち顔を真っ赤にして、スカートを少し摘《つ》まんでお辞儀した。

「私たちもアルフォンス皇太子殿下やフィル殿下にお目にかかれて光栄です」

「フィル殿下。大変ぬいぐるみがお似合いです！」

そう言って扇《おうぎ》で口元を隠しながら、足早にお店を出ていった。

立ち去った方向からは、彼女たちの言葉にならない黄色い声が聞こえる。

あまりの激しさに、俺たちは呆気にとられた。

……何なんだ、いったい。

「それにしても、ぬいぐるみがお似合いって……」

プレゼントしてもらった山羊のぬいぐるみをじっと見つめる。

嫌味……じゃないとは思う。好意なのだろうけど、何だか釈然としない。

すると、彼女たちの去っていった方を見つめながら、カイルがポツリと呟いた。

「フィル様とアルフォンス様の威力って、本当にすごいですよね」

「ええ。歩くだけでファンを増やしていらっしゃる気がします」

カイルに続いて言ったアリスに、俺とアルフォンス兄さんを除いた全員がコックリと頷く。

全ての女性を魅了するアルフォンス兄さんはともかく、俺にそこまでの力はないと思うけどなぁ。

すると、突然ハッと何か思いついたように、リックが手をポンと打った。

「アルフォンス殿下、フィル様。できるだけ通りにあるお店に寄りましょう！」

「お店に？　何で？」

いきなり提案されて、俺は目をパチクリとした。

「良からぬ噂をしているのは、アルフォンス殿下のことをよく知らない者たちです。ですから、彼らに実際の殿下を見て良い印象を持ってもらえば、噂は消えると思います」

「良い印象を？　持ってもらえるかな？」

俺と一緒にいるときのアルフォンス兄さん、ブラコンが激しいぞ。

俺が不安を口にすると、アリスはニコニコと微笑む。

「私もリックさんに賛成です。ご兄弟お二人の仲の良い姿は、微笑ましいですもの」

それは、アリスだからそう思うのではないだろうか。

「お二人がご一緒だと魅力が増して、かなり強力になりますからね。リックさんの案はとてもいいと思います」

カイルも真面目な顔で頷き、リックの意見に賛同する。

俺たち兄弟が揃うと、まるで強力な魅了の技が発動するみたいに聞こえるけど……。

周りの皆から訂正が入らないのもどうなのか。

まぁ、お店を見て歩きたい気持ちはあるし、それでアルフォンス兄さんのイメージアップがはかれるならいいか。

アルフォンス兄さんも特に反対する気はないようで、俺たちはリックの意見に乗ることにした。

そうしてお店に立ち寄りながら歩いていくと、四方の大通りを結ぶ大きな円形の広場に出る。

広場の中央には塔のようなモニュメントがあり、その奥に闘技場らしき建物が見えた。

モニュメントの横を通り、闘技場へと向かう。

規模の大小はあるけれど、どんな国にも必ず闘技場がひとつはある。

闘技場の大きさや数の多さなら、おそらくドルガド王国はベスト三に入るだろう。

ドルガドは日常的に剣術大会や体術大会を開くほど、武術が身近にある国だ。ステア王国、ティリア王国、ドルガド王国の三国王立学校対抗戦の会場として、ドルガド王立学校内の闘技場を使用したのだが、生徒専用と思えないほど立派なものだった。

このサルベールの闘技場は、その王立学校の闘技場よりかなり大きい。

ドルガド王立学校の闘技場の収容人数が三千人ほどだったから、この闘技場は五千人くらいの規模かな？

石造りの闘技場正面入り口には、両側に大きな女神像が立っており、建物の壁や柱に様々な彫刻が施されていた。その彫刻の所々に、この国で神聖視されている山羊のヴィノが彫られているのが、なんともコルトフィアらしい。

いつ建てられたものかはわからないけれど、本当に昔からヴィノは人々とともにある動物だったんだなぁ。

「綺麗な闘技場ですね」

カイルは目を輝かせて、闘技場を見上げる。

観光する場所として、闘技場を選んで良かったな。カイル、すごく嬉しそう。

「観客を見ると親子連れも多いんですね。雰囲気も穏やかです」

アリスと一緒に、俺とカイルも辺りにいる人々を観察する。

一般的に闘技場の観客は、血気盛んな男性が多い。

だが、コルトフィアでは女性や子供の姿が多く見られる。

アルフォンス兄さんはキョロキョロしている俺たちを見て、くすっと笑った。

「サルベールの闘技場の演目は特別だからね」

「他国の闘技場と比べると、確かに違いますよね。私も初めて見た時は、とても驚きました」

「フィル様たちの反応が気になります」

エリオットやリックはそう言って、俺たちに向かってにっこりと笑う。

三人とも気になる言い方をする。

一般的に闘技場で行う興行《こうぎょう》は、剣闘士たちの真剣勝負や、模擬戦などだ。しかし、この口ぶりからすると、どうやらそれとは違うらしい。

期待しながら闘技場へ入る。闘技場は楕円《だえん》形で、席が階段状になっているすり鉢型だった。

俺たちは中央の席に座って、午後の部が始まるのを待つ。

演目が始まって、アルフォンス兄さんたちの言っていた意味がわかった。

サルベールの演目は、劇場型の剣術戦だった。

物語要素が三割で、戦闘が七割。

わかりやすく言うと、剣士に扮《ふん》した役者たちが見世物として戦っている感じだ。

中学の修学旅行で行った、時代劇村の殺陣《たて》のショーを思い出す。

ただ、シナリオは決まっているものの、気合いや緊迫した雰囲気は真剣勝負に近かった。

広い闘技場の中で、縦横無尽に戦う。そのダイナミックな動きは、迫力満点だ。

観光の街サルベールにかかれば、闘技場もエンターテインメントだな。

メインの演目の内容は、お姫様が出かけた先で敵襲に遭い、姫を守りながら戦う騎士たちの話。

それが終わった後に、十分ほどで終わるコミカルなお話がついていた。

メインのお話もとても面白かったが、お腹を抱えて笑ったのはコミカルなお話のほうだ。

主人公はのんきな性格の剣士。山越えをしようとしたその剣士の前に、山賊たちが現れる。

すると、相手が山賊でも礼儀は大切だと、のんきな剣士は頭を下げて挨拶し始めた。

山賊が斬りかかっても、同じタイミングでお辞儀をするものだから、なかなか攻撃が当たらない。

その後もいろんな動作でのんきな剣士は山賊の攻撃を避け続け、最後は反対にのんきな剣士のふとした行動で山賊たちを気絶させてしまう。

主人公の剣士の道化っぷりが本当に見事で、会場は笑いの渦《うず》に包まれた。

アリスは剣士たちにひとしきり拍手をして、感嘆の息を吐く。

「私、闘技場でこんなに笑ったの初めてです」

「僕もだよ。面白かったね。カイルはどうだった？」

このサルベールの演目を、カイルはどう評価するのだろう。

気になって俺が尋ねると、カイルが真剣な顔で剣士役の人を指差す。

「面白かったです。のんきな剣士役の人、かなりの手練《てだ》れですよ。相手が後ろから斬りかかっているのに、剣筋を見ないでスレスレで避けました。よろけても倒れないあの体の軸！　本当に素晴らしいです！」

のんきな剣士の技術力の高さを、興奮した様子で話す。

なるほど、カイルはそういう楽しみ方をしていたのか。

コミカルさが目を引くから見過ごされがちだが、言われてみたら普通に戦うよりも難しい動きが多かった。

のんきな剣士と山賊たちが礼をして、手を振りながら去っていく。

拍手をしていた観客たちも、役者の姿が見えなくなると席を立って帰る準備を始めた。

「もう終わりなのかぁ。しっかり一刻は観たのに、何だかあっという間だったなぁ」

俺がしょんぼりすると、アリスが笑って頷く。

「面白いと時間が短く感じられますよね」

「本当ですよね。もう帰らなきゃいけないなんて……」

そう呟いたカイルは、わかりやすいくらいにガッカリしていた。

さっきまであんなに楽しそうだったのに、今や見る影もない。

アルフォンス兄さんは、そんなカイルに優しく微笑む。

「そんなに気に入ってくれたなら、連れてきたかいがある。今日は帰るけれど、また機会があれば連れてきてあげよう」

カイルは途端に表情が明るくなり、アルフォンス兄さんに深々と頭を下げる。

「ありがとうございます！」

その時、午後の演目終了を告げる鐘がなり、観客たちは出口へと移動を始めた。

俺たちも、出口へと向かう観客の列に加わる。

「アルフォンス兄さま。日暮れには早いですけど、このまままっすぐ宿へ帰るんですか？」

「そうだね。今日の観光はここまでかな」

あぁ、楽しい一日観光も終わりか。

そんな俺の残念な気持ちが、顔に出ていたらしい。隣に立っていたエリオットとリックが、申し訳なさそうに言う。

「サルベールは治安強化などに力を入れているほうですが、薄暗くなると軽犯罪が増えるんですよ」

「ジルカの座長に確認しましたら、この街には有名なスリの集団がいるので気をつけるよう言われました」

「そうなんだ？　それならしょうがないね」

怖いな。スリの集団か。観光地って、やっぱりそういう窃盗《せっとう》事件が多いんだ。

観光客は街に滞在する日数が少ないから、窃盗被害にあったとしても解決を待たず諦《あきら》めて街を出ることも多いだろうし……。

「護衛の方々がいても、気をつけないといけませんね」

カイルの言葉に、俺は深く頷く。

確かに、気をつけるに越したことはない。

その時だった。観客席のどこかから、甲高《かんだか》い女性の悲鳴が上がる。

女性の悲鳴を聞いた人々が、何事だろうかと騒然となった。

「殿下方を囲めっ！」

エリオットの号令で護衛たちが俺とアルフォンス兄さんとアリスを囲み、カイルが懐《ふところ》に隠し持っていたナイフを掴む。

「何が起こった」

アルフォンス兄さんが辺りの様子を窺《うかが》いつつ、俺とカイルとアリスを引き寄せる。

辺りを警戒していたリックはふと何かに視線を留め、少し拍子抜けした声を漏らした。

「スリ……みたいですね。リスの」

「は？　スリのリス……？」

日本語だったらどちらから読んでも同じ、回文だね。

って、違う。そんなことに気がついている場合じゃない。

「えっと、リスの泥棒がいるってこと？」

俺が尋ねると、アルフォンス兄さんが俺を抱き上げてくれた。

視線が高くなったことで、闘技場の観客席がよく見える。

「私の、私のネックレスが！」

俺たちのいる中央の通路から、さらに十段ほど下がった位置でその声は聞こえた。

声の主と思《おぼ》しきご婦人が、ふらりと倒れる。

隣にいた男性がそんな彼女を支え、ある一点を指差した。

「妻のネックレスが盗まれた！　誰か、そのリスを捕まえてくれ！」

指差した先には赤い宝石のネックレスを咥《くわ》えたリスが、通路の手すりの上を走っていた。

本当だ。スリのリスがいる。

グラント大陸に広く棲息している、土属性のグラントリスだ。

え、えー……何でリスが、ネックレスを盗《と》るわけ？

カラスは習性として、キラキラした光りものを集めると聞いたことがある。

でも、リスにそんな習性があるなんて聞いたことがないけどな。

「待てっ！　このっ！」

通路近くにいた人たちが、リスを捕まえようと追いかけ始める。

しかし、リスはそんな人間たちさえ踏み台にして、軽やかに逃げていった。

「イテッ！　誰だよ、俺の頭叩《たた》いたのは！」

「いや、お前の頭にリスがいたからさぁ」

あっちだこっちだと騒ぎになっているその光景は、先ほどのコミカルな話と重なって見えた。

リスは小さい上にすばしっこいから、普通に掴もうとしたって捕まえられないよなぁ。

どうしたものかと考え込んでいると、上空から「キューィ」という鳥の鳴き声が聞こえた。

見上げれば、大きな鳥が翼を広げ旋回《せんかい》している。

俺と一緒にその姿を捉えたアルフォンス兄さんは、眉をひそめた。

「風切り鷲《わし》だね。足にリングがついているから、誰かの召喚獣だろうか」

風属性の風切り鷲は、風を切り裂く速さで獲物を捕らえるので、その名がついている。

少しの間なら、風の能力によってあのように旋回することも滞空することも可能だ。

その特性から、狩人《かりゅうど》にとても人気のある召喚獣である。

主人には従順だが、鳥の中でも特に気性《きしょう》が荒い。あの鋭いくちばしや爪で捕らえられたら、リスも無事ではすまないだろう。

まずいな。風切り鷲が狙いを定める前に、何とかして捕まえないと……。

俺は急いで袋鼠《ふくろねずみ》のテンガを召喚する。空間の歪《ゆが》みの中から、テンガは俺に向かって飛び込んできた。

【フィル様、お呼びっすか？　……って、ぎゃっ！　人がいっぱいっす！　フィル様、何でいじわるするっすかぁ】

周りにたくさん人がいるのに気がついて、警戒心が強く臆病《おくびょう》なテンガは俺の胸に顔を埋《うず》める。

「ごめんね。いじわるじゃないんだよ。テンガ、あのリスを空間移動で連れて来られない？」

俺はテンガの体の向きを変えて、逃げるリスの姿を見せる。

「フィル、そんなことができるのかい？」

驚くアルフォンス兄さんに、俺は小さく唸る。

「多分、大丈夫だと思うんですけど……」

改めて聞かれると、正直ちょっと自信がなくなってくるな。

何せ激しく動き回るものを出すように頼んだことはない。

でも、場所と対象が認識できてさえいれば、おそらく、空間移動能力でお腹の袋から出すことができるはずだ。

以前、コハクやノビトカゲを出したことがあるのだし、あのリスくらいの大きさなら可能だろう。

【あのリスっすね】

テンガはじっとリスを凝視して、こっくりと頷いた。

【やってみるっす。待っててくださいっす！】

元気よく言って、ごそごそと袋の中を探る。すると、リスを捕まえようとしていた人たちから悲鳴が上がった。

突然テンガの前足が空中に現れ、ヒョイッとリスを掴んだのだ。

リスを目がけて下降していた風切り鷲も、驚いて空の上で急ブレーキをかける。

うわぁ、移動元の光景ってあんな風になってるんだ……。

テンガの能力を知らない人が見ると、ちょっとしたホラーだな。

【フィル様、連れてきたっす！】

成功したテンガは、得意満面で前足を突き出す。その前足には、大暴れするリスがいた。

【ふぁに？　ふぁんにゃの……あ！】

ジタバタした拍子に、リスは口に咥えていたネックレスを落とす。

「すごい。本当に連れて来られるんだね」

アルフォンス兄さんはテンガを抱いたままの俺を下ろして、地面に落ちたネックレスを拾う。

ネックレスは、赤い宝石が花の形になっているものだった。透明度が高く、美しく煌《きら》めいている。

「リック。これを先ほどのご婦人に返してあげてくれ」

アルフォンス兄さんがそう告げると、ネックレスを受け取ったリックは持ち主である夫妻のもとへ走っていった。

【何が起きたの。何⁉　何なのよぉぉ！】

咥えていたものがなくなって、口が自由になったリスは大騒ぎだ。

【何って……フィル様のところに連れてきたっす】

テンガは事情がわからないので、キョトンと首を傾げる。

【フィルって誰よ！　放してってば！】

ぷんすかと怒るリスに、テンガは困った様子で俺を見上げた。

【放していいっすか？】

「うーん。放したら一目散に逃げるだろうからなぁ」

ネックレスは無事に取り返したけれど、また同じようなことをされてはまずい。

「奪ったのには、何か理由があるのかしら？　気になりますね」

アリスが覗《のぞ》き込むと、リスはぷっくりと頬を膨《ふく》らませてそっぽを向いた。

【理由なんか話さない！　私悪くないもん！】

そんなリスの様子に、カイルは眉間にしわを寄せて睨む。

いつもカイルのそばにいる闇の妖精に通訳してもらい、リスの言葉を理解したのだろう。

「出会い方といい、生意気なところといい、ランドウに似てますね」

そう言えばそうだな……。

俺の召喚獣であるダンデラオーのランドウも、出会ったきっかけはパン泥棒騒ぎだった。

でも、今回の場合は食料ではないから、ちょっと事情が違うのか。

「理由があるのかもしれないけど、人の物を盗《と》ったらいけないよ。盗られた人がかわいそうでしょ」

ネックレスが戻ってきて、意識を取り戻したご婦人が泣いて喜んでいる。旦那さんは女性の背を撫《な》でながら、こちらに向かって「ありがとうございます」と何度も言ってお辞儀をしていた。

相当大事なネックレスだったらしい。

その様子を見て、リスも少し罪悪感が生まれたようだ。しょんぼりと項垂《うなだ》れる。

すると、エリオットがアルフォンス兄さんに囁《ささや》く。

「ネックレスは持ち主に返しましたし、とりあえず別のところに移動しましょう。周りの注目を集めておりますから」

え？　注目？

ふと周りを見れば、観客たちがこちらに視線を向け、何やらヒソヒソと話をしていた。

「嘘でしょ。リスがネックレスと一緒に、動物のお腹の袋から出てきたわ」

「あれ、袋鼠じゃないか？　グレスハート王国の希少種だよな」

「あぁ、本の挿絵でしか見たことないが、あの能力は間違いない」

「グレスハート……。ってことは、もしかしてあの方々は……」

「今サルベールにいらっしゃるっていう、アルフォンス殿下とフィル殿下!?」

「そうよ。街でお買い物される殿下様方をお見かけしたから間違いないわ！」

「あんなに鮮《あざ》やかに解決なさるなんて、さすがねぇ」

そんな声が、あちらこちらから聞こえてくる。

……本当だ。注目を集めている。

リスを守るためとはいえ、テンガの空間移動能力によって目立ってしまった。


俺たちは騒然とし始めた観客たちから逃げるように、闘技場の裏口から外へ出ることにした。

案内してくれたのは、風切り鷲を召喚獣にしている闘技場の衛兵、エンリケだ。

「グレスハート王国のアルフォンス皇太子殿下と、フィル殿下をご案内できるとは感激です。間もなく闘技場の裏口ですので」

とても明るい人らしく、にこにこしながら誘導してくれる。

笑顔の主人に反してジトーッとこちらを睨んでいるのは、エンリケの肩に乗っている風切り鷲だ。

正確には俺ではなく、俺の手の中にいるリスを睨んでいる。

【もう少し早く動いていれば、俺だって活躍できたのに……】

風切り鷲は不機嫌そうに低く呟《つぶや》く。リスは微かに震えながら、小さな前足で目を覆った。

リスの身柄については、こちらで預かることになっている。

身の安全は確保されているのだが、あんな眼光鋭い目で見られたら、そりゃ怖いか……。

俺はそんなリスの頭を撫でながら、先を歩くエンリケに向かって声をかける。

「あの……先ほどはすみません。とっさのこととはいえ、お仕事の邪魔をしてしまって……」

俺が謝ると、彼は驚いた顔で振り返った。

「何をおっしゃいますか！　本来なら私とチャッピーが捕まえるべきところを、お手を煩《わずら》わせてしまって申し訳ありません。フィル殿下が迅速に対処してくださったこと、まことに感謝しております」

心からそう思っているのか、曇りのないまっすぐな笑顔を返される。

風切り鷲、チャッピーって名前なのか……。

精悍《せいかん》な顔のわりに、可愛らしい名前だ。

「エンリケさんとチャッピーも素早い対応でしたよ」

「ええ。事件が起こったらすぐに風切り鷲が現れていましたね」

「とてもかっこよかったです」

俺とカイルとアリスが褒めると、エンリケは照れ笑いをした。

「ありがとうございます。希少な袋鼠を召喚獣にしていらっしゃるフィル殿下の前で言うのは恥ずかしいことですが、私にとってチャッピーはかけがえのない相棒でして」

その言葉に、ふて腐れていたチャッピーの目が一瞬にして輝く。それから「キュウ」と鳴いて、嬉しそうに主人に頬を寄せた。エンリケはそんなチャッピーを優しく撫でる。

「正直言えば私たちが捕らえたかったのですが、まずは捕まって何よりですよ。以前から闘技場で窃盗事件が頻発しておりましたので。まさかリスが犯人だとは思いませんでしたが……」

するとそれまで黙っていたリスが叫んだ。

【私、今日が初めてだもん！】

そんなリスに向かって、チャッピーが翼を広げ、威嚇《いかく》の声を上げる。

【嘘つけ！　お前がここ数日、闘技場内をチョロチョロしてるのは見てるんだぞ！】

その迫力にリスは一瞬怯《ひる》んだものの、チャッピーに向かって言う。

【そ、それは、理由があって……。だけど、今日以外は盗ってないの！】

どういうことだ？　頻発している窃盗事件に、このリスは関係ないのか？

もしかして、犯人は他にもいるってこと？

少し考えた俺は、チャッピーを宥《なだ》めていたエンリケに尋ねる。

「先ほど、『まさか』と言いましたが……。窃盗事件の犯人の姿って、今回初めて見たんですか？」

「え、ええ。小さくて明るい茶色の影が動くのを見た者はいるんです。しかし、すぐに見失ってしまい、正確に姿を捉えた者はおりません」

エンリケは俺の質問に少し不思議そうな顔をしつつ答える。

「明るい茶色……ですか」

リックの呟きに、皆の視線が俺の手の中にいる茶色いリスに集まる。

【やっぱりお前だろう！】

チャッピーが嘴《くちばし》を大きく開けて叫び、リスは言い返す。

【違うもん！　私の毛色は茶色って言っても、暗めの赤茶色だもん！　ね！　貴方《あなた》！　明るい茶色ではないでしょ？】

俺の手をペシペシと叩いて訴えるリスに、俺は唸った。

「う～ん。その時の状況や目撃者の感覚にもよるけど、明るい茶色とはちょっと違う……かなぁ」

それを聞いたリスは、味方ができたとばかりに「チュチ！」と嬉しそうに鳴く。

カイルはそんなリスの頭をつついて、ため息をついた。

「色はさておき、これまでは目撃者もいなかった犯人が、あんなに目立つ逃げ方をするのは疑問です。逃げ方が下手《へた》すぎます」

【下手って何よ！　失礼ね！】

リスはむくれていたが、確かにカイルの言う通りだ。

このリスが今までの窃盗に関わっていたなら、すでに姿をはっきり見た人がいてもいいはずだもんな。

カイルの言葉に、リックやエリオットも唸る。

「確かに、全ての事件がこのリスのせいだと考えるのは少し早計《そうけい》すぎますね」

「別に犯人がいることも想定したほうがいいかもしれません」

アルフォンス兄さんも頷いて、エンリケへ視線を向けた。

「これからも警備を緩めず、しっかり対応してくれ」

そう告げると、エンリケがビシッと姿勢を正して敬礼する。

「そ、そうですね。犯人が捕まったことにすっかり安堵《あんど》していました。一層、努力いたします！」

チャッピーはリスの余罪についてまだ疑いの目を向けていたが、主人が言うならと諦めたみたいだった。


闘技場から宿に戻ってきた俺は、夕食前にリスを連れてお風呂に入ることにした。

軽く蒸しタオルで拭いてあげたけど、まだ少し体の汚れが残っていたからだ。

俺の召喚獣である毛玉猫のホタルも、そろそろ洗ってあげたいと思っていたし、ついでだから一緒に綺麗にしてあげよう。

不安そうなリスを宥めつつ、宿屋内にある個室の貸し切り沐浴場《もくよくじょう》へ向かう。

「おぉ、想像していた沐浴場より洗い場が広い！」

ほとんどの人が部屋の沐浴場を使うって言ってたから、そこまで期待していなかったんだけど、三人で使えそうなくらい広い。

部屋の沐浴場は大人が一人立てる程度で、体の小さい俺でさえ圧迫感を覚えるほど狭かった。

皆、何でこっちを使わないんだろう。もったいない。部屋から移動するのが面倒なのかな？

あまり使われてないからか綺麗だし、断然こっちのほうがいいのに。

まぁ、贅沢《ぜいたく》を言えば、これで湯船があったら最高だけどね。

沐浴場には、熱湯と水の入った樽《たる》が置かれていた。俺はぬるめのお湯を作って、持参した木桶《きおけ》に少しだけ入れ、リスを手のひらに包んで木桶に近づける。

ここまでは大人しかったけど、水は大丈夫かな？

リスは手から降りずにまず前足でお湯を触った後、一気に木桶の中に飛び込んだ。

【何これ、あったかーい！】

「良かった。水が苦手じゃないんだね」

苦手だったら諦めようかと思ったけど、意外に平気みたい。

【水浴びは好きなの。いつもの水より温かくて、とっても気持ちいいわ！】

リスはお湯に浸《つ》かっては、体を震わせて水を飛ばすのを繰り返す。

俺はホタルを召喚して、自分とホタルの体を洗い、二匹の毛を乾《かわ》かしてから沐浴場を出た。

すると、開けた扉のすぐ前にカイルが立っていた。

まさかいるとは思わず、俺はビクッと体を震わせる。

「あれ？　カイル、どうしてここにいるの？」

「フィル様が沐浴場に向かうと仰《おっしゃ》っていたので、ここでお待ちしておりました。ここは王族や貴族御用達《ごようたし》の宿屋とはいえ、いろいろな人間が出入りしていますので、お部屋までお送りします」

確かに宿泊している階は違うものの、この宿には俺たち以外にも貴族やその使用人たちが滞在している。心配してくれるその気持ちはありがたいのだけど……。

「僕の部屋、ここから階段上ってすぐだよ？」

沐浴場脇の階段を二つ上がり、廊下を何歩も歩かない位置に俺の部屋がある。

「フィル様に何かあったら大変ですから」

……何かって、何。身の危険っていうより、トラブルを心配しているのだろうか。

「心配しすぎな気もするけど、待っていてくれてありがとう。カイルがいるって知ってたら、すぐに出てきたのに」

【遅くなってごめんなさいです】

ホタルは耳を垂《た》らし、しょんぼりと俯《うつむ》く。

「いや、楽しく待っていたから大丈夫だ」

そう言って、カイルは毛が乾いてフワフワになったホタルの頭を撫でる。

撫でられて嬉しそうにしているホタルを、微笑ましく見つめていた俺だったが、ふと今のカイルの言葉が引っかかった。

……ん？　楽しく待っていた？

「待ってる間、何か面白いことでもあったの？」

俺が小首を傾げると、カイルはハッと息を呑み、油の切れたブリキ人形のようにぎこちなく俺から視線を逸らした。

「それは……その……」

カイルが嘘をつくのが苦手なのは知ってるけど、何このあからさまな態度。怪しい。

じっと見つめていると、カイルの陰《かげ》から闇の妖精のキミーがぴょこりと顔を出した。

【実はここの廊下に来た時にね、フィル様たちの楽しそうな声が聞こえてきたの】

そう言って、口元を押さえながら可笑《おか》しそうに笑う。

カイルが慌ててキミーに黙るよう指示したが、もう遅かった。

どうりで……。貸し切り沐浴場に向かうとは伝えていたが、どの個室を使うかまでは言ってない。

個室は他にもいくつかあるのに、どうしてここだとわかったのか不思議だったのだ。

「ハッ！　も……もしかして、会話の内容まで廊下に聞こえてた？」

まさか、ホタルの毛を石けん泡で変な髪型にして、リスと一緒に「可愛い！」と絶賛したり、乾かす時に鼻歌を歌ったりした声が聞かれたなんてこと……。

俺がおそるおそるカイルの顔を窺うと、カイルは口元を手で覆って言った。

「ぶふっ……何も聞いてません」

「嘘だっ！　今、一回噴いたよね!?」

肩を震わせて思い出し笑いしてるし、絶対聞いてたっ！

油断してた。沐浴場がよく反響するから、つい気分が良くなって……。

俺は羞恥心《しゅうちしん》で顔が熱くなりながら、カイルに訴える。

「カイルはもう扉の前で待つの禁止！」

「それはできません。目を離すと心配ですから」

そこは譲《ゆず》れないと頑《かたく》なに首を振る。

そんなカイルと一緒に階段を上りきると、俺の部屋からリックとエリオットが出てきた。

部屋の鍵は二つあって、何かあった時に備《そな》えて護衛のエリオットたちも持っている。

「あれ、どうかしたの？」

「フィル様宛に贈り物が届きましたので、部屋に置いておきました」

リックの言葉に、俺はキョトンとする。

「僕宛の贈り物？」

俺たちがどこをどのルートで旅をするのかなんて、誰にも知られていないはずだ。

いったい誰からプレゼントが届いたのだろう。

「街でフィル様をお見かけした方々や、闘技場での噂を耳にした方々からです。お近づきになりたくて、ではないでしょうか」

「悪い噂払拭作戦、大成功ですね。闘技場でリスからネックレスを取り返した件もあって、殿下様方やグレスハート王国の好感度が上がっております。あとはジルカの劇の内容とピレッドの件が広まれば、さらに上がることでしょう」

計画通りだと、リックは満足げに笑う。

「好感度が上がったのは良いことだけど……。贈り物は困ったなぁ」

そんなつもりで人を助けたわけではないし、贈り物をもらったから親しくなるっていうのも、何だか変な話だ。

すると、エリオットは目を細めて言う。

「ご安心を。実はアルフォンス殿下のご指示で、贈り物の受け取りは必要最低限にとどめ、あとはメッセージカードのみとさせていただいております」

さすが、アルフォンス兄さん。俺がどう考えるかなど全てお見通しか。

「必要最低限っていうのは？」

「受け取ったのはコルトフィア王国上級貴族の方々の品です。後々お会いする機会もございますから、ご挨拶した時、いただいた贈り物の内容に触れますと会話が弾《はず》みます」

そう説明してくれるリックに、俺は「なるほど」と頷いた。

話題がひとつでもあると、俺も安心する。

社交界や貴族の付き合いは正直よくわからないから、とりあえず名前と何をもらったかくらいは覚えておこう。

「わかった。どうもありがとう」

「中身は確認しておりますのでご安心ください。闘技場でリスにネックレスを盗られたご夫妻から、フルーツケーキをいただきましたよ。サルベールで有名なケーキ屋さんのものです。安全確認のため一口いただきましたが、とても美味しかったです」

リックが付け加えた感想に、俺とカイルが笑う。

「アルフォンス兄さまも、たくさんもらった？」

俺がそっと尋ねると、エリオットたちは苦笑した。

「たくさん贈り物が届きましたよ」

「まぁ、我々は学生の時から慣れておりますので」

俺も誕生日の時たくさんプレゼントをもらって、皆に開封を手伝ってもらった。

だけど、学生の時のアルフォンス兄さんは、相当モテただろうからなぁ。俺よりもプレゼントチェックが大変だったに違いない。

リックたちを見送り、俺は鍵を開けてカイルと一緒に部屋の中に入る。

すると、部屋の中央にあるテーブルの上にいた俺の召喚獣たち——テンガと氷亀《こおりがめ》のザクロ、光鶏《こうけい》のコハクとウォルガーのルリがこちらを振り向いた。

【お帰りなさいっす！】

【フィル～おかえり～】

「ただいま」

テンガとコハクに迎えられて皆の頭を順番に撫で、テーブルの上を見回す。そこには色や形が様々なプレゼントが載っていた。

これがそうか。贈り物は必要最低限って言っていたけど、それでも結構な量があるなぁ。

すると、ホタルが怯《おび》えた様子で、俺の胸元に顔を埋めた。

【フィ、フィル様、箱から何か変な音がするです】

そう言われて耳を澄《す》ますと、確かにプレゼントの山の中からガサゴソという物音が聞こえる。

目を凝《こ》らしてみたところ、プレゼントの包み紙が音を立てて動いていた。

う……動いてる。え、何？　生き物でも贈られてきてるの？

リックたちはすでに中身を確認してるって、そう言ってたよなぁ。

カイルが静かに近づき、そうっと包み紙を取る。

すると、その下からふわふわ丸い白い毛玉が出てきた。

ホタルは俺が今抱っこしているから、毛玉猫ではない。

ホタルより小さいし、そして茶色の毛も見える。これはきっと――。

「……何やってんの、ランドウ」

ランドウがプレゼントの包み紙に隠れ、フルーツケーキにかぶりついていたのだ。

夢中で食べていたランドウは、俺に声をかけられてようやく気がついたらしい。

【ハッ！　いつ戻ってきたんだ？】

「今だよ。ただいまの声にも気づかないなんて……。勝手に食べるのは良くないよ。欲しいって言ってくれれば、ランドウにも分けてあげるのに」

あぁ、有名店のフルーツケーキが半分くらいなくなっている。

【ち、違うんだ。これは毒見だ。コクヨウが毒見をしてあげようって言うから、皆で手伝おうってことになってさ】

ランドウに話を振られ、俺の足元にいたテンガとザクロはこちらを見上げる。

【俺たちはちょっとだけしか食べてないっすよ】

【おう！　一口くらいの味見程度でぃ】

二匹の言葉に、ルリとコハクも頷く。

【ちょっとだけです】

【ちょっと～！】

「……だ、そうだが？」

腕組みして見下ろすカイルに、ランドウは唸る。

【うぅ……。ほ、他の皆は確かにちょっとだけしか食べてないけど、コクヨウはいっぱい食べてたぞ！　そうだろ！　……って、コクヨウがいなぁぁぁい!!】

ランドウは大きく目を見開き、きょろきょろと辺りを見回してコクヨウの姿を捜す。

俺の召喚獣であるコクヨウ、その正体はグレスハート王国の伝承の獣『闇の王《ディアロス》』だ。普段は可愛い子狼姿に変化してもらっている。

コクヨウは精霊のヒスイと一緒に、部屋の出窓に座っていた。優雅に外を眺めていたコクヨウは、少し煩《うるさ》そうに目を細めてこちらを振り返る。

【何のことだ？】

しれっと返されて、ランドウは地団駄《じだんだ》を踏んだ。

【逃げたな！　裏切者！　フィル～、本当なんだってぇ】

泣きそうな声で訴えるランドウに、俺は「はいはい」と頭を撫でる。

「ランドウのこと、信じるよ」

だって、誤魔化そうにもコクヨウの口元には、しっかりケーキの欠片《かけら》がついてるもんなぁ。

「味見はおしまい。残りは夕食後のお茶の時に、アリスも呼んで一緒に食べよう」

皆で分けたらさらにケーキが小さくなるけど、夕食後に食べる分としてはむしろちょうどいい大きさかもしれない。

「ともかく、夕食までにプレゼントの中身を確認しようかな」

今日は観光で疲れたから、夕食後はのんびりしたい。

「俺もお手伝いします」

カイルがプレゼントの箱を持ち上げる。

「ありがとう。助かるよ」

俺はカイルの言葉に甘え、プレゼントの仕分けを始めることにした。

大きな物や使用頻度が少なそうな物は、箱に詰めてグレスハートへ送る。小さな日用品はテンガのお腹の袋に収納してもらった。

あとはこの小さなプレゼントの箱だけか。

「て、……あれ？　もう蓋《ふた》が開いてる」

首を傾げつつ、開きかけの蓋を外す。

すると、その中では贈り物であろう毛糸の手袋を布団代わりにして、コハクが大の字になって寝ていた。

「コハク、いつの間に……」

どうりで作業中に邪魔が入らないと思った。

ヒーヨヒーヨと寝息を立てる度に、ふわふわの胸の羽毛が動く。

【ぐっすり寝ていますわね】

ヒスイがやってきて、箱を覗き込んで笑った。

【フィル～、ポッケ……】

甘えた声で寝言を言いながら、もぞもぞと中に入り込んでいく。

全然起きそうにないな。体は小さいのに、相変わらず大物である。

今はこのまま眠らせておいてあげよう。

笑って箱をテーブルの上に戻した時、同じテーブルの上で、リスとランドウとザクロが話をしているのに気づいた。

あれ、仲良くなったのかな？

【人間から何か盗ったって聞いたけど、本当か？　何で盗ったんだ？】

何の気なしに会話に耳を傾けたのだが、ランドウのド直球な質問に思わずむせてしまった。

ちょうどプレゼントリストを書き終えたカイルが、慌てて俺の背中を擦《さす》る。

「大丈夫ですか。フィル様」

「ぐっ、けほっ、平気。それより、ランドウが何でリスのこと知ってんの？」

リスが落ち着いてきたら、事情を聞こうと思ってたのに……。

【ん？　テンガに聞いた】

無邪気に暴露されて、テンガは慌てて遠くの物陰に隠れる。

その間にも、ランドウとザクロの質問は止まらない。

【なぁ、何か理由があるのか？】

ランドウは顔を覗き込んで尋ね、ザクロも優しく話しかける。

【どうでぇ、お嬢ちゃん。そろそろ事情を話してみちゃ。ちったぁ、楽になるぜ】

まるで自白を促す、ベテラン刑事みたいな言い方である。

リスは一瞬だけ躊躇《ためら》いを見せたが、首を横に振った。

【私を助けてもらったことには感謝してるけど、事情は話したくないの】

まだ話す気にはならないのか。初めて人から盗んだくらいだ。それなりの事情があると思うんだけどな。

俺が小さく唸っていると、窓辺にいたコクヨウが音もなくテーブルの上に飛び乗り、リスを見下ろした。

【ほぅ、それで？　理由も言わぬお前を、このまま解放しろと？】

コクヨウが牙を見せて笑うと、リスは恐怖のためか石のように固まった。

ヒスイとルリが近づいて、固まったリスをつつく。

【あら、固まっちゃいましたわね】

【目を開けたまま気絶しちゃったんでしょうか？】

そんなリスの姿を見て、コクヨウはつまらなそうに鼻を鳴らす。

【なんだ、まだ何もしておらんというのに】

俺は脱力して、コクヨウを睨んだ。

「あのね。いくら子狼の姿をして気の力を抑えていても、リスみたいな小動物には怖いんだからね。

あぁ、大丈夫かなぁ？」

「呼吸はしっかりしているので、コクヨウさんを間近に見て驚いただけかと思いますが……」

カイルがリスの体を軽く揺すると、目を開けて意識を取り戻した。

「あ、起きた。良かった」

しかし、俺が喜んだのも束《つか》の間、リスはコクヨウを見て再び目を閉じる。

また気絶し……いや、違う。鼻先がやたらとピクピク動いている。

これは、寝たふり？　あ、この場合は死んだふりか。

リスの必死さが伝わってくるから、起こしづらいな。

俺が困っていると、コクヨウはニヤッと笑ってリスの顔をひと舐《な》めした。

その途端にリスは飛び起きて、俺の体にしがみつく。

【ひゃぁ！　味見されたぁぁっ！　狼に食べられるぅぅ！】

リスは舐められた顔を、俺の服にグリグリとこすりつける。

あ、あぁ……涎《よだれ》が……。お風呂に入って、新しい服に着替えたばかりなのに……。

「コクヨウ……」

俺がしっとりと濡れた服を摘まみながら、コクヨウに視線を向ける。

【我が気絶させてしまったゆえ、責任をもって起こしてやったまでだ。礼には及ばん】

もともと礼を言うつもりはなかったよ。このリスパニック、どうしてくれる。

すると、そんなリスを宥めようと思ったのか、ホタルが優しい声で話しかける。

【あの、コクヨウさんに味見されても大丈夫です。ボクも前にちょっとだけ味見されたことがありますけど、まだ食べられてないです！】

ホタルは尻尾を振って、自分の無事をアピールする。

【そんなことあったか？】

首を捻るコクヨウに、ホタルはショックを受けたようだ。

【あったです！　ボクのお尻に、カップリ歯形がついたです！】

……そういや寝ぼけたコクヨウが、ホタルを白饅頭《しろまんじゅう》と勘違いしたことがあったな。

しかし、そんなホタルの発言は、リスを安心させるどころか恐怖を与えていた。

掴んでいた俺の服を放して、俺の手の中にコロンと転がる。

【仲間も味見するなんて……。初対面の私なんかペロリじゃない……】

「だ、大丈夫だから落ち着いて。コクヨウは食べたりしないから」

【……本当に？】

手のひらに転がったまま、疑わしげにこちらを見上げる。

「うん。ここに連れてきたのは、ネックレスを盗った理由を聞こうと思っただけだから。事情を聞いて、二度と盗みはしないって約束してくれたら、解放してあげるよ。どう？　話してくれない？」

俺がリスの顔を窺うと、リスは転がっていた体勢から起き上がった。

【わかったわ】

神妙な態度に、俺とカイルはホッと息を吐く。

その時、部屋の扉が優しくノックされた。

あれ？　夕食に呼ばれるには、まだ早いはずだけどな。

カイルが扉を開けると、そこにはアルフォンス兄さんが立っていた。

「ちょっといいかい？」

「アルフォンス兄さま、どうされたんですか？」

部屋に入ってきたアルフォンス兄さんに、椅子に座るよう促す。

「実はそのリスのことでね。事情はもう聞けたのかい？」

俺の手の中にいるリスに、チラッと視線を向ける。

「今ちょうど事情を話してくれるところです。ね？」

そう言って微笑むと、リスは小さく頷いた。その仕草にアルフォンス兄さんも安堵する。

俺はアルフォンス兄さんの隣に座り、リスに話しかけた。

「じゃあ、改めて聞かせてくれる？　まず、君は野生の子だよね？」

召喚獣か野生の子かは、何となく雰囲気でわかる。

見分けるには外見からわかるいくつかのポイントがあって、一つ目は体つきだ。

主人からエネルギーをもらう召喚獣は、食物を摂取しなくても生きていける。さっきランドウがケーキを食べていたが、召喚獣の食事はあくまでも嗜好《しこう》によるもので、生命維持のためではない。

その点、野生の動物は食物摂取によって生命を維持しているので、食べる量によって体つきに差が出る。

それゆえに、時期や環境にもよるが、召喚獣に比べて痩《や》せている子が多いのだ。

見分けるポイントの二つ目は毛艶《けづや》。主人によって手入れがされるため、召喚獣は毛艶がいい。

三つ目は目印の有無。主人の好みや動物の種類にもよるが、自分の召喚獣に目印をつけることがある。

特にグラントリスのような個体数の多い動物を召喚獣にする場合、リボンや首輪などの目印をつけたりするものだ。

しかし、このリスは召喚獣の三つの特徴のどれにも当てはまらない。だから、おそらく野生の子だと思うんだけど……。

【ええ。私、召喚獣契約はしてないわ】

俺の推測通り、リスはそれを肯定した。

「じゃあ、どうしてネックレスなんて盗ろうと思ったの？　野生の君が持っていってもしょうがないものだよね？」

主人が召喚獣のリスに命令し、ネックレスを盗らせたというのなら話は別だが、野生の子が持っていっても仕方のないものだ。

【あのね。ダリルが困っていたから、手伝ってあげたかったの】

「ダリルって誰？」

俺が首を傾げると、リスは胸を張って「チュチッ」と鳴いた。

【私の大事な人間のお友達よ。よくご飯をくれるの。だから、助けてあげようと思ったの】

【恩返しってやつですかい】

ザクロが感心し、ランドウが「うんうん」と頷いた。

【ご飯もらったら弱いよなぁ】

確かにランドウはご飯につられて俺の召喚獣になった気もする。

胸を張ったままのリスを見て、アルフォンス兄さんが俺に囁いた。

「リスは何て言ってるんだい？」

「この子にはダリルっていう人間の友達がいて、ご飯をくれるお礼として、困っていた彼のお手伝いをしてあげようと思ったんだそうです」

アルフォンス兄さんは「なるほど」と呟き、リスに向かって優しく話しかけた。

「ダリルは何に困っているのかな？　ネックレスが必要なのかい？」

【ダリルは好きな人のために、綺麗なお花を探しているの】

「好きな人にあげるお花を探している？」

俺が聞き返すと、リスはふさふさの尻尾を揺らして頷く。

【そうよ。お花を見つけて、好きって言うんだって】

プロポーズ？　いや、告白の段階だろうか。

「フィル様。そう言えば、あのネックレスの飾りも花でしたね」

カイルに言われて、俺はご婦人の持っていたネックレスの形を思い出す。

花をモチーフに加工された宝石は、光に反射するとキラキラして綺麗だった。

「ということは、ネックレスが欲しかったっていうより、そこについている飾りを見て持っていったってことか」

それであのネックレスを持っていった理由がわかった。

【綺麗なお花だったから、ダリルもダリルの好きな人も喜ぶと思ったんだけどなぁ】

リスはガッカリして、ため息をつく。

「ダリルのこと好きなんだね」

ご主人ではなく、友達のために一生懸命になるってすごいことだ。

「だけど、それならなおさら盗んだ物をあげたらダメだよ。ダリルだって、盗んだネックレスをもらっても喜ばない。それに、もしダリルがネックレスを持っているところを衛兵に知られたら、犯人だって疑われていたかもしれないよ」

そう教えると、リスはふわふわの頬に両前足をあてプルプルと震えた。

【犯人にされたらどうなるの？　お、狼に食べられちゃう？】

視線を向けられたコクヨウは、リスに向かって「ククク」と笑う。

【かもしれぬな】

【ほ、本当に食べられるの!?】

しがみつくリスの頭を撫でて、俺は優しく宥める。

「食べられたりはしないよ。ただ、そのまま誤解が解けないと、檻《おり》に入れられちゃうかもしれない」

説明に困りつつも、起こりうる可能性を伝えてみた。

【私、もう少しでダリルを檻に入れちゃうところだったのね……】

リスは心の底から反省したらしく、深く頭を垂れる。

アルフォンス兄さんはそんなリスを見つめ、ひとつ息を吐いた。

「もし解放されたら、君はまた花を探すつもりなのかな？」

リスはしばし考えた後、尻尾をピンと立てて気持ちを口にする。

【探してあげたいわ。ダリルの役に立ちたいの】

俺が通訳すると、アルフォンス兄さんは困った顔をする。

「ダリルを思う君の気持ちはわかる。しかし、好きな人にあげる花は、ダリル自身が見つけるべきだよ。その誠意が、相手の心に響くのだから」

確かに。アプローチのための花なら、本人が見つけ出さなければ意味がないだろう。

アルフォンス兄さんの言葉に、リスは立てていた尻尾をしょんぼりと下げた。

【でも、ダリルは花を見つけられなくて困ってるんだもの……】

【召喚獣でもねぇっていうのに、見上げたもんじゃねぇか】

話を聞いていたザクロが鼻を擦《こす》り、ホタルがヒスイを見上げる。

【お花咲かせることできないです？】

「あ、ヒスイなら花を咲かせることができるのか」

自然を司《つかさど》る精霊の力なら、季節に関係なく咲かせることができる。

だが、期待を見せる俺とホタルに、ヒスイは困り顔で眉を下げた。

【確かに花を咲かせることは可能ですわ。ただ、花の種類は何十万とあります。どの花なのかわかりませんと……】

そりゃ、そうかぁ。ひとつひとつ咲かせて確認するわけにも、何十万もの花を咲かせて渡すわけにもいかない。

「せめて生息地で絞れればなぁ。コルトフィアの花かな？」

【私が行ける範囲のお花は、全部届けたことがあるの。でも、違うみたい】

「違うんだ？　他の国の花かな？」

「それか、特殊な花かもしれませんね」

俺とカイルが話し合っていると、アルフォンス兄さんがリスに向かって質問した。

「ちなみに、ダリルはいつもどの辺を探しているんだい？」

【街の大通りよ】

リスの返事に、俺は目を見開く。

「街の大通り？　そこだけ？」

今日観光した時に、大通りの店は一通り巡った。劇場通りの近くということもあって、花屋も多く並んでいたが、売られている花はコルトフィアでよく見かけるものばかりだった。

「何でそんなところに……」

俺が腕組みして首を傾げると、リスも同じ姿をした。

【私もわかんない。どうしてか聞いてみたかったけど、私はお話できないからなぁ】

そうだよな。動物の気持ちを察する人もいるが、ちゃんと会話ができないと伝わらないことも多い。

【ねぇ、お願いがあるんだけど、ダリルに聞いてみてくれない？】

「つまり大通りでどんな花を探しているかを、僕がダリルさんに聞くの？」

リスは俺をジッと見つめて、大きく頷く。ホタルやザクロたちも、同じく縋《すが》るような目で俺を見ていた。

う、この動物たちの純粋な目には弱い。

話を聞くくらいなら俺だって力になってあげたいけど、アルフォンス兄さんは何て言うかな。

俺はそぅっと兄の方を窺う。すると、アルフォンス兄さんはなぜか口元を押さえて俯き、肩を震わせていた。

「あ、アルフォンス兄さま？　どうなさったんですか？　どこかお加減でも悪いんですか？」

俺は心配になって、その背中を擦《さす》る。

「あの……フィル様。多分ご心配されることはないかと……」

言いづらそうなカイルに、俺は目を瞬かせる。

「どういうこと？」

「リスとお話しされているフィル様の姿が、可愛かったんじゃないでしょうか。首を傾げ合っているフィル様とリスを見た瞬間、アルフォンス様はそのようなご様子に……」

カイルは言いながら、手のひらでアルフォンス兄さんを指し示す。

気づかない間に、ブラコンスイッチを押してしまったのか……。

アルフォンス兄さんはコホンと咳払《せきばら》いをして、にっこりと微笑む。

「明日は予定を変更して、ダリルのところへ行こう」

「え！　いいんですか？」

まさか許してもらえると思わなかったので、思わず聞き返した。

「うん。どんな花なのか気になるからね。それに、フィルとお忍びなんて、わくわくするよ」

リスやホタルたちと喜んでいた俺は、最後の言葉に固まる。

「………え？　ご一緒……ですか？」

おそるおそる尋ねると、キョトンとした顔をされた。

「そうだよ。だって、サルベールの街は一緒に観光する約束だろう？」

「約束は……しましたけど」

てっきりダリルの件は俺やカイルで解決し、アルフォンス兄さんと後で合流して観光するものだと思っていた。

「で、でも、アルフォンス兄さまは人々の目を引きますし……」

「大丈夫。目立たないように平民服を着るからね。そうと決まれば、リックたちに用意してもらおう。じゃあ、また夕食の時にね」

朗《ほが》らかに微笑んで、アルフォンス兄さんは部屋を出ていった。

アルフォンス兄さんが平民服？

「どうしようカイル。アルフォンス兄さまが、本当に平民服を着てお忍びできると思う？」

不安のあまりカイルにしがみつくと、カイルは窓の外を眺めながら言う。

「無理じゃないですかね」

俺だってそう思うけど、そこはあっさり白旗を掲げずに、大丈夫って言って欲しかった。

アルフォンス兄さんとお忍び、大丈夫かなぁ。

## 3

一抹《いちまつ》の不安を抱きつつ迎えた、翌日の朝。

俺たちはリスの案内で、ダリルの家へ向かっていた。

今回はお忍びなので、護衛はリックとエリオットだけだ。

リックとエリオットは、ピレッドの時と同様に街の剣士の格好をしている。

俺とカイルとアリスは、ほとんど装飾のついていないシンプルな服を着ていた。

心配だったアルフォンス兄さんの格好はというと、平民服ではなく下級貴族の服。

一応、平民服も着てみたのだが、やはり本人の眩《まぶ》しさに服が負けてしまい、違和感がすごかったのだ。

まぁ、この下級貴族の服だって、アルフォンス兄さんの派手さは隠しきれていないんだけどね。

きっと街の人からは、高い身分の人がお忍びで街を歩いていると思われているに違いない。

平民として街に同化することは無理だったが、サルベールの街の人も気づかないふりをしてくれているみたいだ。

サルベールは王族や貴族がお忍びで観光に来ることも多いそうだから、この街にはお忍びの方々に対する暗黙のルールというのがあるのかもしれない。

並んで歩くアルフォンス兄さんの顔を窺うと、とても嬉しそうだった。

そう言えば、すぐに目立っちゃうから、お忍び自体あまりしないんだっけ。

俺にとってはよくあることでも、アルフォンス兄さんにとっては特別なことなのかな。

すると、ふいにアルフォンス兄さんがこちらを見て微笑んだ。

「その帽子にして良かった。フィルにとても似合うよ」

突然褒められて、少し驚きながらもお礼を言う。

「あ……ありがとうございます」

今回のお忍び用に、マリンキャップを新調した。

劇の演目で、神の御使いはキャスケット帽子をかぶった少年の姿をしていると広まったため、念のため帽子の形を変えたのだ。

この帽子に決まるまで、いくつ帽子をかぶったかわからない。

髪や顔が隠れれば、何だっていいんだけどなぁ。

【こっちよ、早く！】

誘導するリスが、俺たちに向かって手招きする。

通りを奥に進むほどに、すれ違う人の数が少なくなっていくみたいだった。

「ここら辺は随分《ずいぶん》静かだな……」

「そうね。表通りの賑《にぎ》やかさが嘘のよう」

カイルが辺りを見回して呟き、アリスもそれに頷く。

アルフォンス兄さんはそんな二人の言葉に、小さく笑った。

「観光の街サルベールといえども、全部が全部賑やかな場所というわけじゃないよ。大通りは観光客に見せる表側だからね。奥に入った住宅街は静かなものだ」

「その中でも、ここら辺は特に古い居住区ですよ」

アルフォンス兄さんの説明に、リックはそう付け加える。

ということは、ダリルは代々ここに住んでいる住人ということだろうか。

その時、前方のリスがピタリと止まり、上体を上げてある建物を指差した。

どうやら、ダリルの家へ到着したらしい。

ダリルの家の前には、看板が置かれていた。

読むと、看板には『なんでもやります』と文字が書いてある。

「ダリルさんって、何かお店をやってるの？」

俺が尋ねると、扉の前に立ったリスは両前足を大きく広げた。

【いろんなことをやるお店よ。庭の手入れとか、人捜しとか、お手伝いをやってるわ】

「つまり、何でも屋ってやつかな？」

俺がそう推測していると、扉が内側から開いた。

顔を出したのは、二十代前半の若い男性だ。

「いらっしゃいませ。話し声が聞こえたんですけど、お客様……です……か」

言いながら青年は俺たちの顔を見回し、惚《ほう》けた顔で固まる。

【ダリル！　動物とお話ができる子を連れてきたのよ！　お花のこと教えて！】

リスが足元でピョンピョンと跳びはねながら声をかけているが、まったく気づいていないみたいだ。

この人がダリルさんか。人の好《よ》さそうな顔をしている。

それにしても、人がいっぱいいて驚いたのかな？　何で固まったままなんだろう。

アルフォンス兄さんも不思議に思ったのか、硬直したままのダリルの前でヒラヒラと手を振る。

すると、ダリルはハッと我に返って頭を下げた。

「すみません！　うちのお客様じゃありませんよね。そうだ。こんなにキラキラしい方が、うちの地味なお店に用などあるはずがない……」

そう言いながら扉を閉めようとするので、俺は慌ててそれを止める。

「あ！　ちょっと待ってください！　ダリルさんですよね？　貴方に伺《うかが》いたいことがあって来たんです！」

名前を呼ばれたダリルは扉を閉めるのをやめ、隙間からひょこっと顔を出した。

「私に聞きたいことですか？」

少し戸惑った表情を見せつつ、扉を開けて俺たちに入るよう促す。

「とりあえず、立ち話もなんですから店の中へ……」

良かった。門前払いされては、話を聞くこともできないからな。

通されたダリルのお店は、リビングとキッチンが一緒になっている八畳ほどの部屋だった。

部屋の真ん中には、接客用と思われる向かい合わせの長椅子。その二つの長椅子の間に、ローテーブルが置かれている。

生活用品はあまりない。だが、キッチンにはフライパンや皿などの調理器具や食器類が少しだけ置かれていた。

リスはダリルの家だって言っていたし、家とお店を兼ねているのかな。

奥に扉がひとつあるので、あちらは寝室などのプライベートな空間かもしれない。

部屋の中を軽く観察していた俺は、ふと視線を感じて振り返る。

後ろでは手で口元を押さえたダリルが、俺の隣にいるアルフォンス兄さんを見つめて、何やらブツブツ呟いていた。

注意深く聞いてみると、その言葉の一部を拾うことができた。

「……キラキラしい方が、うちの地味な店の中にいる。違和感が、違和感がすごい」

アルフォンス兄さんから溢《あふ》れるキラキラが、どうもダリルを動揺させているようだ。

リスは呆れた様子で、そんなダリルを見上げる。

【ダリル、また心の声が漏れてるわねぇ】

ダリルという人は、思っていることをそのまま口にしてしまうタイプらしい。

ある意味裏表がないと言えるけど、この癖《くせ》で苦労してきたことも多そうだ。

【ダリル、しっかりして！】

リスはダリルの体をよじ登って肩に乗ると、ペチペチと頬を叩く。そこでようやく、リスがいることに気がついたらしい。

「あ、お前も一緒に入って来たのか。これあげるから大人しくしてろよ」

ダリルはポケットから小さな紙袋を取り出し、そこから植物の種を出してリスにあげる。

いつも来るリスのために、常備しているのかな。

「そのリスさんと仲がいいんですね。召喚獣ですか？」

アリスが尋ねると、ダリルは首を横に振る。

「召喚獣ではなく、よくここへ遊びに来てくれる野生のリスだよ。召喚獣に迎えるのはその動物に責任を持つことでもあるから、なかなか勇気が出なくてまだ一匹も召喚獣がいないんだ。情けない話なんだけど……」

自嘲《じちょう》気味に言うダリルに、アリスは微笑んだ。

「情けないことなんてないです。真面目で優しい方だと思います」

俺もカイルもそれに頷いて同意する。

ダリルの年齢で召喚獣を持っていない人は、少ないかもしれない。だが、動物に対し真面目に考えることができるダリルには、とても好感が持てる。

【ね！　ダリルっていい人なの】

ダリルの肩の上で、リスは自慢げに胸を張る。

それから俺たちはダリルに促され、ダリルと向かい合う形で長椅子に座った。

ダリルはひとつ咳払いをして、緊張した面持《おもも》ちで自己紹介を始める。

「改めまして、私はダリル・オークリー。困っている方のお手伝いをすることを仕事にしています。今日はどういったご用件でここに？　私の名前を知っているようですが、仕事の依頼ではないんですよね？」

俺たちの顔を窺いつつ尋ねる彼に、アルフォンス兄さんは小さく頷く。

「依頼とはちょっと異なっているのですが……。実はダリルさんが珍しい花を探していると、風の噂に聞いたんです。私には婚約者がいるため、珍しい花ならば手に入れたいと思いましてね。探すのは自分でしますので、花の詳細だけでも伺えればと思い訪ねてきました」

スラスラと訪問理由を話すアルフォンス兄さんに、俺たちは感心する。

すごい。打ち合わせもしていないのに、まことしやかな嘘をつく。

嘘をつくのが下手なカイルなどは、その鮮やかさに呆然としていた。

でも、カイルはそのままのカイルでいいんだからね。

アルフォンス兄さんの話を、ダリルも信じたようだ。心底困った顔で、頭を掻《か》く。

「まいったな。誰がそんなデマを流したんだ。商店街のお喋《しゃべ》りなミンスおばさんかな」

デマ？　リスが話していたことと違うってことか？

俺がチラッとリスを見ると、机の端で頭にハテナマークを浮かべながら、振り子のように首を傾げている。

【えぇ？　あれぇ？　確かにそんな話を聞いたんだけどなぁ】

これは元々の情報から再確認するべきか。

「デマということは、『ダリルさんが好きな女性のために珍しい花を探している』という話は事実ではないんですか？」

俺が尋ねると、ダリルは音を立てて椅子から立ち上がった。

「すっ、好きな女性って、そんなことまで噂になってるのかい!?　……あぁ、まだ告白前なのに、彼女の耳に入ったらどうするんだ」

再び椅子に座って、両手で真っ赤になった顔を隠す。しかし、その赤さは耳にまで達していた。

この反応からすると、好きな女性がいるのは間違いなさそうだな。

「では何がデマなんですか？」

アルフォンス兄さんが聞くと、ダリルは覆っていた手を外して居住まいを正した。

「花は花でも、花の飾りがついた指輪なんです。この街で指輪をなくしたらしく、困っていらしたので声をかけました。あ、誤解しないでください。これは仕事の押し売りではなく、善意です！　……まぁ、綺麗な人だったから、これをきっかけにお近づきになれたらという下心がなかったとは言わないですが……」

ダリルは首の辺りを擦《さす》りながら、照れた様子で話す。

これだけ口に出してしまっては、下心にならないと思うが……。

とにかく、探しているのは生花ではなく、花の指輪ってことか。

リスが普通の花を持っていってもダメなはずだ。ましてやリスが盗ったネックレスなど、論外である。

「一点ものらしいので、他の方が手に入れることは難しいのです。おわかりいただけますか？」

ダリルが申し訳なさそうに言うと、アルフォンス兄さんはにっこりと微笑んだ。

「よくわかりました。残念ですが、私は別の花を探すことにします」

その言葉に、ダリルはほうっと長い息を吐いた。

「わかってもらえて良かったです。……しかし、こんなにキラキラした人でも、女性にプレゼントするものに努力を惜《お》しまないのか。美形で努力もするってすごいな。今さら美形に生まれ変わることなんてできないから、私は地道に指輪を捜すしかないだろうけど」

ダリルはしょんぼりと肩を落とす。そんな彼の呟きを、俺たちはなんとも言えない気持ちで聞いていた。

……ダリル、心の中がダダ漏れすぎやしないか。

「そ、それにしても、広い街で小さな指輪を捜すなんて大変ですね。どういった形の指輪なんですか？　もし見つけたらお知らせしますよ」

俺が明るい声で話題を変えると、ダリルが顔を上げて笑顔になる。

「本当かい？　それは助かるよ。これは、彼女が置いていった指輪の絵なんだけど……」

懐から出した紙を、アルフォンス兄さんが受け取る。俺はその紙を覗き込んだ。

リングに石が埋め込まれており、それが花の模様になっていた。

紙から視線を上げたアルフォンス兄さんが、ダリルを見据える。

「……私たちにも捜すのを手伝わせていただけないかな」

「え⁉」

ダリルはもちろん、俺たちもその発言に驚いた。

「手伝うというのは、指輪を捜すのを……ですか？」

目をパチクリとさせて尋ねるダリルに、アルフォンス兄さんは頷いた。

「そう。一人で捜すのには限度がある。捜す人数は多いほうがいいと思うよ」

「確かになかなか見つからなくてどうしようか困っていたから、この方の言う通りかもしれないな。彼女も助っ人を呼んでもいいと言っていたし……。わかりました。よろしくお願いします！」

独り言とともにそう言って、ダリルは深々と頭を下げる。

驚いている間に、流れるように一緒に捜すことが決まってしまった。

どういうことだろう。当初の予定では花の件をダリルから聞き出し、それをリスに伝えたら任務完了だったはずだ。

リスも不思議そうに首を傾げている。

まぁ、一人で捜すのは大変そうだから、一緒に捜してあげるのはいいことだけど……。

アルフォンス兄さんは何を考えているんだろう。

指輪の絵を見てから少し様子が変わったよな。

もしかして、見覚えがあるものだったとか？

チラッとアルフォンス兄さんの顔を窺うが、微笑みに隠された心の中までは読むことができなかった。

「それで、ダリル君。落としたと思われる場所の範囲は聞いているのかな？」

「は、はい。彼女の記憶では、大通りだと。宿へ向かう途中になくなっていることに気がついたようで」

「大通りだけでは範囲が広いな。……その落とした刻限は？」

「えぇっと、夕方あたりだと聞きました」

「他に情報は？　その時に大通りにいた人の数や、すれ違った人の容姿は覚えていないのかい？」

「あ、いや、それ以上は特に聞いてなくて……」

アルフォンス兄さんの鋭い聴取に、ダリルは困った顔で頭を掻く。

おぉ、すごい。敏腕刑事みたいだ。

アルフォンス兄さんは顎《あご》に手を当て、ため息をつく。

「それだけだと情報としては足りないね。むしろ、よくその少ない情報で指輪を捜そうなんて考えたものだ」

「正式に仕事として依頼したいと言われ……すみません。できる男だと思われたくて、その情報だ

け で充分だと言ってしまいました」

まるで『自分がやりました』みたいな自白のトーンで、ダリルはガックリと頭を垂れる。

「その女性はまだこの街の宿にいるのかい？　さらに詳しい話を聞けるだろうか」

聴取から優しい口調に戻ったので、ダリルは嬉しそうに顔を上げる。

「今日、街の外れの広場で会う予定なんです。一緒に行きますか？　あ、この格好じゃダメだ。着替えてきますので、少々お待ちください！」

言うが早いか、奥のドアへと走っていった。

ダリルがいなくなった部屋で、俺はアルフォンス兄さんに尋ねる。

「アルフォンス兄さま、なぜ指輪捜しに協力を？」

「昨夜リスの話を聞いた時点で、生花ではなく別の花飾りではないかとは思っていた。だが、捜しているのがその指輪だとは……」

そう言って、美しい眉を微かにひそめる。

「この指輪に見覚えがあるんですか？」

アルフォンス兄さんが答えてくれる前に、リックがボソリと呟く。

「ルーゼリア様の指輪の形と一緒ですね」

「えっ！　ルーゼリア王女殿下のものと一緒!?」

俺とカイルとアリスが目を大きく瞬かせると、リックとエリオットは頷いた。

「はい。我々はアルフォンス殿下と一緒に、ステア王立学校に通っておりましたので、ルーゼリア様のことも存じ上げております」

「その絵に描かれた指輪は、ルーゼリア様がつけていらしたものに酷似《こくじ》しております」

アルフォンス兄さんは指輪の絵が描かれた紙を、静かにじっと見つめていた。

「コルトフィアの王族には、一人一人に植物の印《しるし》が与えられる。ルーちゃんの印は、キュリステンという花でね。この絵の花には、そのキュリステンの特徴が多く見られる。他の王族の印ならいざ知らず、キュリステンはコルトフィア王家の温室で偶然生まれた花。他に出回っていないから、コルトフィア国民もキュリステンがどんな花か知らない。実際見たことがあるのは、温室を管理する者か王族と親しい者くらいだろう」

「捜している女性は、ルーゼリア王女殿下なのでしょうか？」

アリスが尋ねると、アルフォンス兄さんは紙から視線を上げてアリスに微笑む。

「だから、確認する必要があるんだ。ルーちゃん本人なら早く指輪を捜してあげないといけないし、ルーちゃんじゃないとしても似た指輪をそのままにしておくわけにはいかない」

なるほど。そういう事情なら、人任せにできないか。

それは納得できたのだけど……。

「もし、ルーゼリア王女殿下本人だとすると、なぜサルベールにいらっしゃるんでしょう？　王族としていらしたわけではなさそうですよね？」

ダリルが話しかけることができたってことは、多分お忍びの姿じゃないかな。

「うーん。ピレッドの件を耳にして、心配してきたのかな？　ルーちゃんは思い立ったらすぐ行動しちゃうからね」

苦笑するアルフォンス兄さんに、エリオットとリックも深く頷いている。

「ルーゼリア様ならあり得ますね。指輪も自分で捜し回っておられる可能性があります」

「人に頼るより、自分で頑張られる方ですからね」

へぇ、ルーゼリア王女は行動派で、頑張り屋なのか。

アルフォンス兄さんの婚約者だから、何となしに大人しくてほんわりしたお姫様タイプを想像していたんだけど、どうやら少し違うようだ。系統で言うと、グレスハートのレイラ姉さんに似てるのかな。

そんなことを考えていたら、一張羅《いっちょうら》と思われる綺麗な服に身を包んだダリルが部屋から出てきた。

髪型を少し気にしつつ、こちらに向かってニコリと微笑む。

「じゃあ、行きましょう！」

その顔ははつらつとして、頬も幾分《いくぶん》か紅潮している。

好きな人に会えるのは、嬉しいことだよね。

好きな人……好きな人か……。

ダリルに続いて店を出ながら、カイルが俺とアリスだけに聞こえる声で囁く。

「あの……フィル様。もしこれから会う方がルーゼリア王女殿下だとすると……」

俺は何とも言えない気持ちで、コックリと頷いた。

ルーゼリア王女が意中の人であるならば、残念ながらダリルの恋が実ることはない。

アルフォンス兄さんの婚約者だし、そうでなかったとしても身分差の壁がある。

「確かめるのが怖いですね」

不安そうなアリスの視線の先で、ダリルはウキウキと店に鍵をかけて歩き出した。

そんな後ろ姿を見つめ、俺はこっそりため息をついた。

◆　◆　◆

ダリルに案内されてやってきた場所は、居住区の中にある小さな広場だった。

子供の遊ぶ声や、住民たちの生活音だけが聞こえる。

広場の奥にある大きな木が待ち合わせの場所らしく、ダリルがそちらへ向かって手を振る。

そこには二人の若い女性が立っていた。

一人は色の淡《あわ》いシンプルな形のドレスを着た女性で、もう一人は女剣士の格好をしている。

ドレスを着た女性は色が白く、気品があって、明らかに高い身分のお嬢様がお忍びで出歩いているといった様子だ。

この人がルーゼリア王女で、隣にいる剣士が護衛だろうか。

そう思って、女剣士の方に視線を向ける。

って、あれ？　あの人ってもしかして……。

「リアナさん、ルイーズさん！」

ダリルが嬉しそうにそう叫んだことで、記憶が確かなものになる。

そうだ。ステアの街にある、鍛冶職人のニコさんのお店で出会った人だ。

コルトフィア王国の女性騎士、ルイーズ・テンペルさん。

あの時のような派手な銀の胸当てではなく、リックたちと同じ街の剣士風の格好ではあるが、間違いない。

思わぬ再会に、俺とカイルが驚く。

だが、ダリルの声でこちらを見たルイーズさんも、ポカンと口を開けていた。

ルイーズさんの隣にいる女性も、アルフォンス兄さんを見て口元に手を当てて息を呑む。

「アルフォンス皇太子殿下……」

彼女の呟きに、一番驚いたのはダリルだ。

「……え？　……あ、アルフォンス皇太……え、ええっ!!　ど、どうりでお忍びの貴族の方にしても高貴すぎると……。なるほど。皇太子殿下なら納得だ。だけど、皇太子殿下がこんなに美形なんて、本当にズルいっ！」

驚愕《きょうがく》しつつも、心の中の言葉を全開にして唇を噛《か》む。

ダリル、国によっては不敬罪になるから気をつけなね。

アルフォンス兄さんはダリルの言葉が聞こえなかったふりをして、彼女たちににっこりと微笑む。

「久しぶりだね、二人とも。……それで、何でここにいるんだい？」

小首を傾げて尋ねられ、二人は揃って顔を強ばらせる。

「ルーちゃん？」

笑顔のまま名前を呼ばれ、木の後ろに隠れたのは——ルイーズさんだった。

「アルフォンス先輩、これには事情がありましてっ！」

……ん？　先輩？　どうしてルイーズさんが木の後ろに？

目をパチクリとする俺の隣で、アルフォンス兄さんが苦笑した。

「おおよその事情は知っているよ、ルーゼリア。だから、出ておいで」

そう言って木の後方へ歩いていき、隠れているルイーズさんの手を取った。

ルイーズ……ルーちゃん……ルーゼリア……。

も、もしかして、ルーゼリア王女はドレスを着た気品ある女性のほうじゃなく、ルイーズさん!?

アルフォンス兄さんに木の陰から連れ出されたルーゼリア王女を見つめ、俺とカイルは大きく息を吐く。

「ルイーズさんが、コルトフィア王国のルーゼリア王女殿下だったなんて……」

「驚きましたね」

俺たちの前にやってきたルーゼリア王女は、記憶を確かめるかのような表情で俺たちを見つめる。

それから、おずおずとアルフォンス兄さんを見上げた。

「あ、あの……アルフォンス先輩。ひとつ、確認させていただきたいことがあるのですが……。その少年たちとは、どのようなご関係でしょうか？　以前ステアの街に行った際、彼らに会ったことがあるのですが……」

緊張した面持《おもも》ちで尋ねるルーゼリア王女に、アルフォンス兄さんは目を瞬かせた。

「ステアで？　……あぁ、そう言えば、君からもらった手紙にステアに行ったことが書かれていたね。その時に会ったのか。もしかしてお忍び同士だったから、お互いに誰だかわからなかったのかな？」

そんな推測を立て、アルフォンス兄さんはにこっと笑う。

「改めて紹介するよ。帽子をかぶった子が私の可愛い末の弟のフィル、黒髪の少年がフィルの従者のカイルで、その隣にいる少女がアリスでフィルの友人だ」

そう紹介されて、俺たちはペコリとお辞儀をした。

ルーゼリア王女は驚愕しつつも条件反射で礼を返し、リアナさんも優雅にスカートを広げてお辞儀をする。

「アルフォンス先輩の……弟」

ルーゼリア王女は呆《ほう》けた顔で、ポツリと呟く。

「まさかルーちゃんが、フィルたちと会ったことがあるとは思わなかったな」

「ルーゼリア王女殿下とは、ステアの街で買い物をしている時にお会いしたんです。アルフォンス兄さまのご推測の通り、お互いに王族だとは知らないままお別れしてしまって」

俺の説明にアルフォンス兄さんが相槌《あいづち》を打ち、リックが大きく息を吐く。

「そんな偶然もあるんですすね」

「僕たちもとても驚いて――」

言いながらルーゼリア王女を見上げると、彼女は何やらブツブツと呟いていた。

「アルフォンス先輩の弟さん……。アルフォンス先輩がいつも自慢されていた……。聖なる髪色で、フィルという名で、まさかとは思っていたが……やっぱりそうなの？　え、待って。あの時、私は何をやった？　……そうだ、ニコ・ラウノのお店に行って、それで……それで……あぁぁぁぁ」

ルーゼリア王女は両手で顔を覆って嘆きの声を上げ、ふらふらとよろめく。

アルフォンス兄さんはそれを支え、心配そうに彼女の顔を覗き込んだ。

「ルーちゃん、大丈夫？　どうしたの？」

「……アルフォンス先輩」

ルーゼリア王女は顔を覆っていた手を外してアルフォンス兄さんの顔を見つめると、ふにゃりと顔を歪め、再び隙間なく顔を覆った。

「あの時の少年が、アルフォンス先輩が溺愛《できあい》している弟殿下だったなんてぇ……」

……溺愛。まぁ、否定はできませんけど。

うーむ。確かにあの時のルーゼリア王女は、鍛冶屋のニコさんに剣を作れと強めのお願いをしていたもんなぁ。

ニコさんが半泣きだったので、たまたま店を訪れた俺たちが仲裁《ちゅうさい》に入ったのだ。

あの時は言葉遣いも武人みたいだったし、騎士のような出《い》で立ちだったから王女様だなんて思わなかった。

お忍びだからあんな感じだったのか、それともあっちが素なんだろうか。

そんなことを考えていると、ルーゼリア王女がハッとして、俺とカイルに詰め寄り体を屈《かが》めた。

「どうか、あの時のことは忘れてください。忘れることが無理なら、せめてアルフォンス先輩には秘密に！」

「秘密にするのは……かまいませんが……」

秘密にしたい本人の目の前でそれを言っては、駄目ではないだろうか。

ルーゼリア王女の真後ろにいるアルフォンス兄さんに、チラッと視線を向ける。

「ルーちゃん。何か私に秘密にしたいことがあるの？」

ルーゼリア王女はゆっくりと振り返って口元を震わせる。

「は、いえ、そんな、秘密というほどのものではなく……」

「秘密というほどではなく？」

微笑むアルフォンス兄さんに、ルーゼリア王女はゴクリと喉を鳴らす。

「アルフォンス先輩に知られるのは、恥ずかしいですし……。追及しないでいただけると、大変ありがたいのですが……」

先ほどの勇《いさ》ましい剣士の姿はどこへ行ったのか、しどろもどろで言い訳をする。

エリオットたちが驚いた様子もなく見守っているということは、アルフォンス兄さんの前ではこんな感じなんだろうか。

「ルーゼリア様、フィル殿下の前で何をされたんですか？　話されたほうが楽だと思いますよ」

リアナさんも呆れた様子で、ルーゼリア王女に自白を促す。

「それは、ダメ！　絶対！」

片言で言って、涙目でふるふると首を振った。

そんなに頑なだと、明らかに何かしたと言っているようなものなのに……。

「リアナはその時、護衛についていなかったのか？」

エリオットの問いに、リアナさんはため息をつく。

「今年一番の私の失態です。別の店でお会計をしている隙《すき》に、ルーゼリア様に撒《ま》かれてしまったんです。私に内緒で行きたいお店があったらしくて。幸いすぐに見つけることができたので安心していたんですが、まさかそのお店でフィル殿下とお会いしていらしたなんて……」

頭が痛いといった様子で、額《ひたい》を押さえる。

「リアナさんはルーゼリア王女殿下の護衛を務めていらっしゃるんですか？」

「女官の方かと思いました」

カイルとアリスが驚いていると、ルーゼリア王女はアルフォンス兄さんの視線を気にしつつも説明する。

「リアナ・エステーレは、私直属の近衛兵です。騎士家の出身で、年は二十歳。私がステア王立学校高等部に留学中、学友兼護衛として一緒に在籍していました」

女性ながら王女付きを任されるということは、相当優れた腕の持ち主なのだろう。

華奢《きゃしゃ》な体つきからは、とてもそうは思えないけど……。

俺の表情で考えを読んだのか、リックは微笑んで説明する。

「リアナはこう見えて、短剣や長剣が得意な武闘派ですよ。剣術の授業では男子生徒をよく叩きのめしていました。同学年の男子生徒は、おそらく今でも『コルトフィアの剣姫《つるぎひめ》』を恐れております」

その説明に、俺とアリスが目を丸くする。

「叩きのめす……剣姫……」

「通り名をお持ちとは、それほどに凄《すご》かったんですね」

尊敬の眼差《まなざ》しを向けるカイルに、リアナさんは口元を隠しながら笑う。

「ふふふ。全学年合同の授業であれば、リック先輩やエリオット先輩とも手合わせを願いたかったんですけどね」

「ルーちゃんも剣が強かったけど、リアナは抜きん出ていたよね」

アルフォンス兄さんの言葉に、ルーゼリア王女は肩を落とす。

「勝てた試しがありません」

「護衛としては、負けられませんよ」

学生時代の話を聞いていると、突然ダリルがガックリと芝生に膝《ひざ》をついた。

「り、リアナさんが、騎士家の方……。ルーゼリア王女殿下の護衛でいらっしゃるなら、当然だけれど……。剣姫の異名があるくらい強いなんて……そんな……」

ダリルの好きな人は、リアナさんのほうだったか。

アルフォンス兄さんが恋敵《こいがたき》ではないのは幸いだったが、相手がリアナさんだとしても身分差という大きな壁がある。

特にリアナさんは、王女殿下の近衛兵。ただの騎士家ご令嬢ではなく、本人の能力も優れているエリートだ。

これはかなり厳しいかもなぁ。

【ダリル、元気出して】

リスは項垂《うなだ》れるダリルの頭に乗り、小さな前足で頭を撫でる。

人間の事情は理解できないながらも、ダリルが落ち込んでいるのはわかったのだろう。

そんなリスの慰《なぐさ》めがあっても、ダリルはショックから抜け出せないみたいだった。

「ダリルさん、すみません。この見かけは、擬態《ぎたい》みたいなものなんです。こうしてか弱い女性のように見えれば、敵も油断してくれますから」

リアナさんはそう言って、ウエストの辺りで結ばれている大きなリボンをシュルリとほどいた。

ダリルは彼女の大胆な行動に、慌てて目を覆う。

「え！　えぇ！　リアナさん！　いけませーーん!!」

そんな彼の前に、腰から下のふんわり広がったスカートの部分が、軽い音を立てて落ちた。

「別に見ても大丈夫ですよ」

「…………へ？」

リアナさんの言葉を聞き、ダリルがそっと指の間から覗く。

彼女はタイトな白いズボンに、ロングブーツを履《は》いていた。

腰には細身の剣を差し、太ももには短剣付きの革ベルトが括《くく》り付けられている。

ドレスの切り替えしでわからなかったが、後ろのリボンをほどけばスカートの部分が取れる構造になっていたらしい。

動きやすい格好に変わる上に、武器も隠してあったなんて……。

「すごい！」

カイルが賞賛し、ダリルはポツリと呟く。

「本当に近衛兵の方なんだぁ……」

その言葉には、納得とともに寂《さび》しげな響きがあった。

ルーゼリア王女は、ダリルの前に膝をつき、頭を下げる。

「ダリルさん。申し訳ない。身分を容易に明かすわけにはいかなかったのだ。指輪がなくなり困っていたことは本当だが、騙《だま》すかたちになってしまった。すまない」

「申し訳ありませんでした」

リアナさんも膝をついて、頭を下げた。

そんな二人に、ダリルは恐縮する。

「そ、そんな、私などに謝ることはないです！　もしよろしければ、このままお手伝いさせてください。この街のことはどんなことでも知ってる何でも屋ですから、お役に立てると思います」

「よろしいのですか？」

「ええ！　一旦お引き受けした仕事は、やり遂げなくては。どうぞお任せください！」

快活に笑って、大きく胸を叩く。

【ダリルって頼りないけど、いい人でしょ】

誇らしげに言うリスに、俺は微笑んで頷いた。

ダリルに引き続き協力してもらえることになり、俺たちは改めて指輪を落とした時の状況を確認することにした。

ルーゼリア王女の話によると、指輪がないと気がついたのはサルベールに到着した日の夕方。すでに辺りが暗くなってきていたので、街の正門から大通りを歩いて宿へ向かっていた時のことらしい。

「落とした正確な刻限はわからないと聞いたが……」

アルフォンス兄さんがルーゼリア王女の顔を窺うと、彼女は少し口ごもる。

「はい。混雑していてなかなか進めず、到着に時間がかかったのでちょっと不確かです。あ！　でも、演劇の夜の部の開演のために劇場へ向かう人たちが道に溢れていたので、その辺りの時刻だったと思います」

夜の部は二十時頃から始まるから、その前ってことは十九時から十九時半くらいか。

ちょうど今の時期のサルベールの日没とかぶる。その点においても、辺りが暗くなってきたという彼女たちの証言と一致していた。

「なくなったとわかって、私はルーゼリア様を宿に残し、一人で通りに捜しに行きました。そこへダリルさんが通りかかり、一緒に捜してくださったんです。本当に嬉しかったです」

リアナさんにお礼を言われ、ダリルは照れた様子で頭を掻いた。

「いやぁ、当然です。困った様子の美しい女性を、放ってはおけませんよぉ」

俺の肩に乗っていたリスは、デレデレとにやけるダリルを見つめて悩む。

【さっきまであんなにがっかりしていたのに。まだあの子のこと好きみたい。協力したほうがいいと思う？　でも、振られてもう一回傷つくのは可哀想《かわいそう》だわ】

まるで子供を見守る母親のようだ。

う～む。身分を越えてお互いを思い合っているなら、俺としても協力してあげたい。

だけど、まだ片思いの段階だからなんともなぁ。

「それで捜したが、見つからなかったわけか？」

リックが尋ねると、ダリルはデレデレの表情を元に戻した。

「あ、はい。あの道は雨が降った時に自然と両側の排水溝に流れるよう、中央が高くなっており微かに傾斜がついています。道以外に排水溝も調べましたが、残念ながら外の木箱しか見つかりませんでした」

「外の木箱って？　指輪は木箱に入れられていたんですか？」

俺が目を瞬かせると、ルーゼリア王女は腰につけていた革のウエストバッグを外し、小さな木箱を取り出した。

「普段は指につけていますが、身分を隠している時は外しています。なくさないよう、この小さな箱にしまい鞄に入れていました」

指輪をつけていた時ではなく、鞄に入れていた時に落としてしまったのか。

「落ちた衝撃なのか、蓋が開いた状態で通りに落ちていました。近辺を捜しましたが、指輪は見つからなくて……」

ダリルはそう言って、表情を曇らせる。その説明を聞き、俺は鞄と木箱を指差した。

「ルーゼリア王女殿下、鞄と木箱を見せてもらってもよろしいですか？」

俺は受け取った鞄と木箱を観察する。

ウエストバッグはボタンで閉じる形のもので、木箱はスライドすると中身が取り出せる構造になっていた。

「使い込まれているからか、ボタン穴が少しゆるいみたいですね」

隣で一緒に見ていたアリスに言われ、俺はルーゼリア王女に尋ねる。

「なくなったとわかった時、鞄のボタンはどうなっていたんですか？」

「外れていました。だから何かの拍子に鞄が開いてしまったのかも……」

話しながら落ち込んできたのか、どんどん声が小さくなる。

この指輪は唯一無二《ゆいいつむに》だ。ルーゼリア王女にとって、とても大事なものなのだろう。

何とかして見つけてあげたい。

そう思いながらふと視線を落とした時、木箱の奥に茶色の毛が二本入っているのに気がついた。

「あれ、これは……」

俺はそれをつまんで、手のひらに載せる。

「動物の体毛でしょうか」

カイルが俺の手元を覗き込んで尋ねる。

「そうみたい。ん～何の動物かなぁ。短く太めの毛で、触り心地は柔らかい。毛の断面が丸じゃなく、少し楕円形なのは変わっているね。根元が茶色で、先端は白か。……ルーゼリア王女殿下とリアナさんの召喚獣で、茶色の短毛種の動物はいますか？」

顔を上げて尋ねると、驚いた顔でこちらを見ていた二人は首を振った。

「ルーゼリア様は鳥の召喚獣で、私は白馬と鳥の召喚獣ですので」

リアナさんの返答に、俺は低く唸る。

「じゃあ、いつ入ったものだろう。偶然にしても、毛が入っているのは奥まったところだし……。この色と、短さと、毛質に該当する動物は……」

俺は腕組みをして目を瞑《つむ》り、じっと考え込む。

野生の動物だったら、ここら辺に生息する動物を調べればすむが、観光客の召喚獣だと範囲が広がる分、探すのは難しくなる。

ここに動物に詳しい友人のトーマがいたらなぁ。すぐわかるかもしれないのに。

俺の知識だけでどうにかなるかな。

すると、データを探っていた俺の頭の中に、ふとある動物が思い浮かんだ。

「フォロン猿《ざる》……。そうだ。フォロン猿だ。風属性で、小さい体で動きが速い。体毛は茶で毛先が白。断面が楕円形の柔らかい毛が、風を流す役割をしているから間違いない」

わからなくてモヤモヤしていたから、スッキリしたぁ！

達成感に浸って喜んでいると、ルーゼリア王女とリアナさんがこちらを見て目を瞬かせているのに気がついた。

「どうしたんですか？」

「とても動物に詳しいんですね」

感嘆の息を吐くルーゼリア王女に、アルフォンス兄さんはにっこりと微笑む。

「フィルは動物が好きでね。この歳にしては珍しく、召喚獣もたくさん仲間にしているんだ」

「それは以前、お話で伺ったことがありますが、まさかここまでとは……」

ルーゼリア王女が言い、リアナさんも感心した顔で頷く。

「本当ですね。あの数本の体毛だけで、動物の種類までわかるなんて……」

そんな彼女たちに、カイルは少し誇らしげに言った。

「当然です。フィル様はもふもふ探偵ですから」

聞きなれない単語を耳にした皆は、キョトンとする。

「……もふもふ探偵？」

「ちょっとカイル、それレイが付けた変な名前！」

ステア王立学校の同級生のレイが、ふざけて付けた渾名《あだな》だ。

恥ずかしさのあまり抗議するが、カイルは当時を思い出してか遠くを見つめる。

「あの時のフィル様の推理は、本当に鮮やかでした」

「そうだったわね。今回のように残された動物の体毛から、犯人を導いていたわ」

アリスまでにっこりと笑って、その時のことを話す。

あれは別に推理じゃない。導いてもいない。

トーマのリュックについていたのが、彼の召喚獣のエリザベスの毛ではないって当てただけなのに……。

すると、何を思ったのかアルフォンス兄さんが俺の肩を掴んで、真剣な眼差しで言った。

「フィル！　その話は聞いてないよ」

「言ってませんから。本当に大した内容じゃないんです」

アルフォンス兄さんへの手紙に学校のことをいろいろ書きはするが、全部報告していたら大変である。

俺が落ち着けと手で示すと、アルフォンス兄さんはハッと何かをひらめいたようだ。

「そうか。もふもふ研究クラブを立ち上げたって言っていたね。もしかして、もふもふ探偵はクラブ活動での話かい？」

「違います。名前は似ていますが、異なるものです。それにクラブの正式名称は『もふもふ・鉱石研究クラブ』です。もふもふは愛《め》でるほうで、研究するのは鉱石です」

一生懸命説明してルーゼリア王女たちをチラッと見ると、何が違うのかわからないという顔をしていた。

くっ！　全然違うのに！

俺はもふもふ探偵から話題を変えるべく、話を本筋に戻した。

「とにかく、これはフォロン猿の体毛です。ただ、そうなると野生のものではなく、召喚獣の可能性があるんですよね」

俺の推測に、アルフォンス兄さんも同意する。

「この辺りにフォロン猿は生息していない。そうなると、盗難の可能性も出てきたね」

「盗難？　盗まれたってことですか？」

ルーゼリア王女は息を呑んで、口元に手を当てる。

リスの窃盗事件が解決したと思ったら、今度はフォロン猿による事件の可能性か。

召喚獣を使っての窃盗だなんて、あんまり考えたくないなぁ……。

木箱を見つめていると、アルフォンス兄さんは俺の頭を撫で、それから木箱を手に取った。

「落ちた箱をたまたまフォロン猿が拾っただけかもしれないから、まだ決まってはいないけどね。ダリル、誰かが指輪を拾ったという情報は？」

「目撃者がいないかと、通りを歩く観光客や街の者、商店街で働く者にも聞き込みを行いましたが、誰かが指輪を拾ったという情報はありません。私一人ではどうにもならず、取りこぼしがあったかもしれませんが……」

肩を落とすダリルに、リスはその場で元気にぴょんぴょん跳ねる。

【そんなことないよ！　ダリル頑張ってたもん！】

動物の言葉がわからないダリルに、その声援は伝わらない。

しかし、リスのその元気な姿は、彼の心を和《なご》ませたようだ。微かに笑って、気を取り直した様子でアルフォンス兄さんに発言した。

「ただ、私は少なくとも、商店街の商人たちが指輪を拾っていることはないと思います」

「そう断言するその根拠は？」

アルフォンス兄さんが尋ねると、ダリルはニコッと笑った。

「商店街に規則があるからです。我がサルベールは『ゴミのない美しい観光地』を目標に掲げております。あの大通りも汚れていたら商店街の人たちが徹底的に清掃をします。そして大通り商店街の規則により、落とし物があった場合は必ず街の衛兵に届けることになっているんです。商人たちや衛兵双方に確認しましたが、お捜しの指輪は出てきておりません」

「ダリル。これは確認だから悪く思わないでもらいたいが、商店街の人が落とし物を提出していない可能性はないのか？」

エリオットが聞くと、ダリルは穏やかな顔で頷く。

「ないと思います。商店街の規則は厳しいもので、破ると街の商店街から追い出されます。大通りの商店街は、売り上げだけでなく人柄なども審査されて、やっと手に入れることのできる一等地。あそこに店を出すことは、街の商人の憧《あこが》れでもあります。商店街の商人たちの中に、その誇りを捨てる者などいません。実際、私が指輪の絵を見せても、特に不審な反応を見せる者はいませんでした」

キッパリとしたダリルの言葉には、商店街の者たちへの強い信頼が感じられた。

長くこの街に住んでいる彼だからこそ、それがわかるのかもしれない。

すると、ふいにダリルは眉をひそめて、ブツブツと呟き始めた。

「窃盗……窃盗だとしたら、疾風《しっぷう》の窃盗団の仕業《しわざ》なのかなぁ。でも、彼らが狙うのは食料や財布だけで、宝飾品を盗るなんて聞いたことない。それに最近疾風の窃盗団らしき盗難事件も減ったみたいだし……」

「疾風の窃盗団……って何ですか？」

俺が尋ねると、ダリルは体をビクッと震わせた。

「なぜ、急に疾風の窃盗団のことを！　……もしかして、私の考えていたことを読んだのですか!?」

「え、なぜって……」

心の中のこと全部、ダリルが口に出してるからね。

ダリルは俺を見つめて、感心した様子で息を吐いた。

「さすがもふもふ探偵様、何でもお見通しということですね」

もふもふ探偵は関係ないから。

そう思ったが、訂正するのを諦めて、俺はもう一度同じ質問をした。

「それで、疾風の窃盗団というのは何？」

質問を思い出したダリルは、慌てて説明を始めた。

「疾風の窃盗団は、サルベールで有名なスリ集団です」

あぁ、そう言えば、有名なスリの集団がいるって聞いたっけ。

「盗んでいるものは、食料だったり少額のお金だったりで、ひとつひとつの被害はそこまで大きくありません。風が通り過ぎる様《さま》のごとく盗まれるので、その名がつきました。疾風の窃盗団は素早すぎて捕まえることもできないから、そのために街の衛兵の数を増やしたって話です」

「じゃあ、その疾風の窃盗団が指輪を盗ったんじゃないのか？」

リックが言うと、ダリルは眉を寄せて俯く。

「普通に考えたらそうだと思います。しかし、疾風の窃盗団は宝飾品には手を出したことがありません。財布を盗っても、全てには手をつけず少額だけを抜き取るそうです。一目見て高価だとわかる指輪を盗るかどうか……」

首を捻るダリルを、エリオットは厳しい眼差しで見つめる。

「だが、スリ集団に変わりはない。指輪に目が眩《くら》んだ可能性もある」

カイルはそれに同意して、ダリルに尋ねる。

「俺もそう思います。ダリルさん、骨董《こっとう》品屋や宝飾品を売るお店には確認をとったんですか?」

「それが……その……。骨董品店の店主たちは、なかなか売られた品に関する情報は教えてくれないのです。彼らはこの街でも古参《こさん》の旦那衆で、街の組合の長老たちでもあるため、小さな店の私は強く言うことができず……」

ダリルの何でも屋は、街の奥にあるお店。しかも店舗を構えているわけではなく、家の一部を事務所として使っている。このことから、おそらく店の儲《もう》けは少ないと思われる。

店主の評価は売上だけでできるものではないけれど、それでも大事な評価基準のひとつだ。

そんなダリルが、長老たちに相手にしてもらえるわけがない。

「協力してもらえないのは困ったな」

アルフォンス兄さんは顎に手を当てて、考え込む。

絵で見てもわかるほどに、あの指輪の装飾は美しい。本物を見れば、きっとすぐに価値が高い品だとわかる。

まずいことに、あれがルーゼリア王女の指輪だと、国民には認知されていないもんなぁ。

そうと知らずに店が買い取り、その指輪が万が一にでも観光客の手に渡ったとしたら、見つけ出すのがもっと大変になるぞ。

「あの、骨董品店の店主の中に、知り合いの人がいますよ。話せば教えてくれるかも」

ルーゼリア王女が小さく手を挙げると、アルフォンス兄さんが目を瞬かせる。

「ルーちゃん、本当かい？」

ルーゼリア王女は大きくコックリと頷いた。

「はい。名匠ゴードン・ベッカーの剣が、サルベールの骨董品店の奥にしまわれており、常連にしか見せてもらえない、という噂を聞いたことがありまして。全てのサルベールの骨董品店に毎日通ったことがあったんです」

「ゴードンさんの剣？」

ゴードン・ベッカーさんは、世界に名の知れたドルガド王国が誇る名匠だ。名剣を打つことで有名だったそうだが、今は武器を作ることをやめて鍋や包丁などの日用品を作っている。

ゴードンさんの剣は日本刀のように切れ味が鋭く、とても美しいという。

剣を作らなくなった今でも、ルーゼリア王女のように根強いファンは多い。

でも、気難し屋のゴードンさんは、包丁や鍋さえも気に入った人にしか売らないスタイルなんだよね。

「実際、その剣は見ることができたのですか？」

カイルが食い気味で尋ねると、ルーゼリア王女はため息混じりに首を振った。

「いいえ。実際はゴードン・ベッカーの剣を真似《まね》た偽物でした。でも、通っているうちに店主と仲良くなりまして、孫のように可愛がられております」

ニコニコと微笑む彼女に、今度はリアナさんがため息をついた。

「骨董店の店主はルーゼリア様がコルトフィアの王女殿下だとは知りませんから、知ったら相当驚くと思いますよ」

「やはりそうだろうか？」

「当たり前です」

二人のやり取りを見ていたアルフォンス兄さんは、クスッと笑う。

「私の婚約者は骨董品店の長老に孫のように可愛がられているし、弟はその名匠ゴードン・ベッカーに気に入られているし……。困ったものだね」

そんなアルフォンス兄さんの言葉に、ルーゼリア王女は目を大きく開けた。

「フィル殿下！　あの気難しいゴードン・ベッカーに気に入られたんですか！」

顔を間近に寄せられて、俺は少し体を引きつつ頷いた。

「あ、はい。ルーゼリア王女殿下と出会ったお店の店主、ニコ・ラウノさんに紹介してもらいました」

ニコさんはゴードンさんのところで修業した、唯一の免許皆伝《かいでん》の弟子だ。

包丁を何度か買いにお店に行った時、話の流れでゴードンさんを紹介してもらうことになったのだった。

「私も先に紹介してもらってから、ゴードン・ベッカーに会いに行けば良かった」

嘆くルーゼリア王女を見て、リアナさんが呆れた顔をする。

「やめときなさいって言ったのに、結局ニコ・ラウノの店に行ったんですか？　順番が違っても、ものの見事に追い返されましたよ、きっと」

それを聞いていたアリスとカイルも、リアナさんの言葉に頷いた。

「あるかもしれませんね」

「ニコさんの紹介で訪ねたフィル様も、返答次第では追い返していたって、ゴードンさんは言ってましたからね」

二人もゴードンさんと実際に会って、その気性を知っているからなぁ。

アルフォンス兄さんはルーゼリア王女の肩にそっと手を置き、にっこりと微笑む。

「ルーちゃん、やっぱりステアでのことを教えてもらえるかな？」

「そ！　そそ、それよりも、骨董品店に参りましょう！　私が直接交渉します！　フィル殿下もそのほうが良いと思いますよね」

必死に助けを求められて、俺は困りつつもアルフォンス兄さんに言った。

「確かに、僕も急いで骨董品店に向かったほうがいいと思います。観光客に売られてしまっては、大変ですから。事は一刻を争います。二手に分かれて行動しませんか？」

「二手に？　フィルはどうするんだい？」

尋ねるアルフォンス兄さんに、俺は微笑む。

「僕は劇団ジルカに行って、リベルさんに会ってこようと思います」

「劇団ジルカ⁉　リベルたちを知っているのですか？」

ルーゼリア王女とリアナさんが、目を丸くする。

アルフォンス兄さんは頷いて、昨日彼らと話した内容をかいつまんで伝えた。

「……そんなわけで、私たちの婚姻を応援してくれるそうだよ」

「そ、そそそそ、そうですか」

ルーゼリア王女は頭から煙でも出しそうなくらい、顔を真っ赤にして俯く。

凛《りん》とした見た目とは裏腹に、アルフォンス兄さん関連のことになると途端に可愛らしくなる。

ルーゼリア王女のこういったギャップを、アルフォンス兄さんも好きになったのだろうか。

「あぁ……いいなぁ」

実感のこもったダリルの呟きに、ルーゼリア王女はハッとした。そして、二人を微笑ましく見ている俺たちの視線に慌てふためく。

「は、話を元に戻しましょう！　フィル殿下。彼らにどんな用件があるのですか？」

俺は小さく笑って、理由を話し始める。

「疾風の窃盗団について聞くんです。彼らは情報を集めることに長《た》けています。特に彼らの領域であるこの街のことなら、常に多くの情報と最新の噂を手に入れていると思います」

俺の説明に、カイルは合点がいったという顔をする。

「なるほど。下手に俺たちで情報を集めるよりも、確実かもしれませんね」

そう。街で聞き込みをしても、必ずしも正確な情報が手に入るわけではない。

話術や交渉術、信頼関係などが必要になってくるからだ。

観光客の俺たちが話を聞き回ったとしても、集められる情報なんてたかが知れている。

ダリルはこの街の人間だけど、正直すぎるからなぁ。

「わかった、そうしよう。組分けはどうする？」

「ルーゼリア王女殿下には、アルフォンス兄さまがついてあげてください。それから……」

俺は悩みつつも、テキパキと組分けを行う。

アルフォンス兄さんの組は、ルーゼリア王女とダリル、護衛としてリアナさん。

俺の組は、カイルとアリス、護衛としてリックとエリオットだ。

「あのぅ、街の衛兵に要請して、指輪を捜してもらわなくて良いのですか？　王族の方々の指輪となれば、総動員で捜索すると思うのですが……」

手を挙げて発言したダリルに、俺は首を振った。

「それは最終手段にしましょう。王族が指輪を捜しているとなれば、どんな処罰が下されるのかと恐れ、持っている人が申し出てこない可能性があります。最悪の場合、捨てられてしまうことも考えられますから。それに、もうすでに衛兵たちは数を増やして窃盗団を捜しているのでしょう？　今はこれ以上の追い込みは必要ないと思います」

「なるほど。そのようなお考えでございましたか」

ダリルはすっかり感心して、大きく息を吐く。

俺は待ち合わせ場所と落ち合う刻限を決めて、それからアルフォンス兄さんを見上げた。

「アルフォンス兄さま、それでは僕たちは行きますね」

アルフォンス兄さんはそんな俺の頭を撫でて、少し心配そうな顔で言う。

「フィル、怪我をしないように気をつけるんだよ。危ないことはなるべく避けるように」

「重々わかっています」

魔獣ボルケノを退治した一件のせいで、俺のこと信用してないんだろうな。

「よし、いい子だ」

アルフォンス兄さんは俺の頭を撫でたまま、満足げに微笑む。

……この頭なでなでは、いったいいつ終わるんだろう。

ルーゼリア王女とリアナさんの視線が痛い。

事情を知らない人から見たら、『心配症な兄』ではなく『過保護で甘々な兄』だ。

いや、間違いではない。実際にそうだけど。

でも、ボルケノのことがあったから特にそうなったわけで……。

弁解したいのに、事情を話せないから何もできないこの状況。地獄である。

俺は一歩後ろに下がって、アルフォンス兄さんのなでなで攻撃を終わらせた。

少し残念そうなアルフォンス兄さんに微笑み、カイルとアリスを振り返る。

「カイル、アリス行こう！」

そうして、俺はカイルたちを連れ劇団ジルカの劇場へと向かったのだった。

## 4

劇場に到着し、劇団員に座長を呼んでもらうようお願いする。

初めに駆け込んで来たのは、座長のリベルだった。

午前の部が終わったばかりらしく、舞台化粧は落としていたがその姿は王子様役の格好のままだ。

「フィル殿下、そのような姿でどうなさいましたか。お忍びでいらっしゃいますか？　昨日に続き、今日も観劇にいらしたというわけではありませんよね。本日はアルフォンス皇太子殿下はご一緒ではないのですか？　もしや、何かお困りごとでもございましたか？」

矢継《やつ》ぎ早《ばや》に質問するリベルの耳を、遅れてやってきたユラが引っ張った。

「イテテテ！　痛いって！」

リベルは涙目で耳を押さえながら、ユラを睨む。

だがユラもそれ以上の険《けわ》しさで、リベルを睨み返した。

「………質問しすぎ」

「そうだよ。フィル殿下も驚いていらっしゃるじゃないか。フィル殿下、どうか寛大なお心でお許しください」

ユラから少し遅れて来たグランが、申し訳なさそうに頭を下げる。それを見て、リベルもユラも慌てて頭を下げた。

ちょっとだけ呆気にとられていた俺は、そんな三人の姿に苦笑する。

「顔を上げてください。実は、今日ここに来たのはお願いがあるからです」

顔を上げた三人は、真剣かつ嬉しそうな顔で俺の前に膝を折る。

「何なりとお申し付けください。私たちにできることであれば、ご協力させていただきます」

頼もしい彼らの言葉に、俺は微笑む。

「ありがとうございます」

それから俺たちは前回通された部屋に場を移し、ソファで対面しながらリベルたちに事の次第を説明した。

ルーゼリア王女の指輪がなくなったと聞いて、三人の表情が曇る。

「一度近くで見せていただいたことがあります。あの指輪が……」

グランが眉を寄せ、ユラは悲しそうに俯く。

「姫様、大事になさっていたから、とても落ち込まれたでしょうね」

「何でうちの劇団のところへ来てくださらなかったんだ。仰ってくだされば、劇団員総出で捜し回ったのに……」

リベルが辛そうに拳を握ると、エリオットとリックが言った。

「リベルたちに相談したら、公演に支障をきたしてでも必死に捜し回ると思われたのかもしれない」

「ルーゼリア様はきっと、そういう選択をして欲しくなかったんだろう」

俺はエリオットたちの推測に頷き、それからリベルたちの顔を見回して言った。

「これからするお願いも、公演に影響のない範囲で協力して欲しいんです。この街の情報だけいただければ、捜すのは僕たちでやります。約束していただけますか？」

俺が確認すると、グランたちは互いの顔を見合わせ不承不承《ふしょうぶしょう》といった様子で頷いた。

「ルーゼリア姫がそれを望むのであれば……」

承諾してくれたことに安堵し、俺は改めて話を切り出した。

「さっそくですが、ここ数日で指輪に関する噂を聞いていませんか？」

尋ねると、リベルは顎に手を当て、目を瞑って唸る。

「話を伺ってから、私も考えているんですが……。誰かが拾って指輪をはめていたら、目撃情報があるはずです。平民や商人がつけるには、あの指輪は目立ちすぎますから。つけていたら、街の者の噂に上ります。指輪をしていても違和感がないのは、貴族階級……。ですが、いくら美しい指輪とはいえ、拾った指輪を貴族がつけるとは考えにくい」

確かに、貴族としての誇りもあるし、もし盗難届が出されて自分が持っていることが噂にでもなれば、社交界にいられなくなる。

「ということは、やはり盗難の可能性が高いと？」

カイルが真剣な顔で、少し身を乗り出して尋ねる。

「そうですね。私はそう考えます」

リベルの答えには迷いがない。やっぱり盗難か……。

「では、今回のことは疾風の窃盗団の犯行だと思いますか？」

俺の質問に、三人は目を大きく見開いた。

「これは驚きました。まさか、フィル殿下から疾風の窃盗団の名前が出てくるとは……」

リベルは呆然と呟き、グランは顎に手を当てて考え込む。

「疾風の窃盗団……ですか」

「何でも屋のダリルさんから聞いたんです。ただ彼が言うには、疾風の窃盗団は宝飾品を盗んだことはないらしいですが……」

「確かに、宝飾品を盗んだという話は聞いたことがありません。宝飾品を金に換えるには、どうしても誰かと交渉する必要がありますからね。他人との接点が増えれば、捕まる危険性も高まりますから、それを恐れてのことだと思います」

なるほど。だから、食料とかお金とか、すぐに使えるものだけに限定しているわけか。

「ですので、犯行が疾風の窃盗団というのは……」

唸るリベルの隣で、考え込んでいたグランが顔を上げた。

「私は逆に、疾風の窃盗団の可能性もあると考えます」

その答えを聞いてリベルは眉をひそめ、俺は身を乗り出す。

「それはどうして？」

「フィル殿下は、木箱に茶色の毛が残されていたと仰っていましたよね？　実は疾風の窃盗団の目撃情報の中で、『姿はわからなかったが、明るい茶色の影が見えた』という証言がありました。その話と、残された体毛の特徴が合致するんです」

グランの話を聞いて、リベルもポンと手を打つ。

「あ……そう言えば、そんな証言をした人もいたな」

「フィル様、闘技場で以前あったという盗難事件でも、そのような目撃者の話がありましたね」

アリスの囁きに、俺は闘技場の衛兵から聞いた話を思い出す。

盗んだ者の姿は確認できなかったが、明るい茶色の影は見えたという話だ。

姿を見せない窃盗犯に関する目撃証言は、どちらも『明るい茶色の影』か。

俺が三つの事件の共通点について考えていると、カイルがグランたちに言う。

「疾風の窃盗団について、他に何か知っている情報があれば教えていただけませんか？　仮に彼らが犯人だとしたら、姿も見えずどんな者なのか全くわからない状態では、捕まえることができません」

「もちろん、知っている情報は全てお教えします」

「ルーゼリア姫を悲しませるなんて許せないですから」

グランが真剣な顔で頷き、ユラが不機嫌そうに口を尖《とが》らせる。

「じゃあ、疾風の窃盗団の情報を……持っているのか？」

エリオットが驚きを隠せずにいると、リベルは白い歯を見せてニッと笑った。

「疾風の窃盗団のことをお聞きに、フィル殿下がここにいらしたのは大正解です。おそらく彼らの情報を最も多く手に入れておりますから」

明るく言った彼は、表情を真面目なものに改めて話し始めた。

「風のごとき速さの疾風の窃盗団。その正体は年齢が十代後半から二十歳くらいの若者たちで、元は他の地から流れ着いた孤児だと聞いています」

「疾風の窃盗団は姿を見られたことはないんだろう？　何でそんなことがわかるんだ」

眉を寄せるリックに、グランたちは苦笑する。

「噂と言うのは不思議なもので、どこからともなく伝わるものなんですよ」

「我々はそんな噂の中から、話の信憑性を調べたり、共通点などを見つけたりしてふるいにかけ、真実を拾い上げるわけです。まぁ、今回の場合、一番の情報源は疾風の窃盗団のファンですね。そういった人間は彼らに協力することもありますが、独自に調べた情報を自慢げに漏らすこともあるんですよ」

「ファン……ですか？」

アリスが目を瞬かせると、リベルは小さく肩をすくめた。

「窃盗集団にファンがいるなんて、不思議だとお思いでしょう？　でも、『捕まらない彼らがカッコイイ』のだそうです。そういうのが、窃盗団を助長させると思うんですけどね」

俺たちは「なるほど」と相槌を打つ。

「主に大通りや闘技場など、観光客の多いところで盗みを働いていることが多いです。食料は儲けの多い美味《うま》いものを売っている店、金銭は貴族や力ある商人を狙う傾向にあります。ただ、盗難被害に遭っても、正式な被害届が出されることは少ないです」

「それはなぜ？　少額だからですか？」

カイルが首を傾げると、リベルは頷く。

「そうですね。財布は少額盗って現場に残すことが多いので、貴族の方々は届けるのが面倒なんだと思います。食料に関しても『窃盗団が盗んだものなら美味しいに違いない』と、盗まれた品が次の日からよく売れるそうで、あまり積極的には訴えないようです」

そう言って、リベルは「やれやれ」とため息をつく。

盗難が宣伝代わりになっているから、大目に見ているというわけか。

その話を聞いて、ユラがリベルの服の裾《すそ》を引く。

「……そう言えば、よく盗まれていたパン屋の店主が、最近盗まれなくなったって言ってた。他に美味しいパン屋でも見つけたのかって、悔《くや》しそうにしてたよ」

「あぁ、だからか。あの店、最近特にパンが美味しくなってるもんなぁ」

盗まれなくなって悔しいって……。

でも、ライバル心からパンが美味しくなっているならいいの……か？

「代わりのパン屋を見つけたんでしょうか？」

アリスが小首を傾げると、ユラがしゅんと落ち込む。

「すみません。そのあたりのことは調査不足で……。ただ、少なくとも疾風の窃盗団の仕業とみられる盗難自体、最近ないように感じます」

「それは確かですか？」

念を押すカイルに、ユラは小さく頷く。

「はい。盗難事件は起こっていますが、どこか疾風の窃盗団のものと手口が違うように感じられるのです。誰かを怪我させることなく、風のように鮮やかな早業《はやわざ》でかすめ取る。それが疾風の窃盗団なので」

ユラの視線を受けて、グランは再び考え込む。

「疾風の窃盗団を捕まえようと、街の衛兵の数が増え、強化されているから街を離れたのか？　だが、目撃証言を考えると、やはり疾風の窃盗団だと思うんだよなぁ……」

独り言を呟いているグランを見つめ、リックが尋ねる。

「ただ単に活動を控えているだけじゃないのか？」

「その可能性もなくはありません。しかし、窃盗の数を減らすことはあっても、全くやらなくなるということは私には考えにくくて……。身寄りのない彼らが、これまで生きるために行ってきた術《すべ》ですから」

窃盗が生きる術というのはつらいな。

突如盗みをやめた理由に、今回指輪を盗んだ理由か。

たまたまだと言ってしまえばそれまでだ。だけど、やはりちょっと気になる。

今まで宝飾品を盗まなかった疾風の窃盗団。彼らの選んだ指輪が、ルーゼリア王女のものだというのはただの偶然だろうか。

俺が俯いて唸っていると、リックが俺の顔を覗き込んだ。

「フィル様。理由は気になりますが、それは当人に聞いてみないとわかりません。今は指輪を見つけ出すのが先決かと思います」

「そうだね。残されたフォロン猿の毛と、目撃証言の一致は無視できない。疾風の窃盗団が犯人だと仮定して行動しよう。彼らの居場所について、何か情報はありませんか？」

俺が尋ねると、リベルはグランやユラと顔を見合わせて、それから話し始めた。

「疾風の窃盗団の正確な住処《すみか》については、私たちもわかりません。しかし、もしかしたらという場所ならあります」

「それは、どこですか？」

身を乗り出した俺に、ユラが答える。

「地下です」

床を指し示されて、エリオットがハッと何かに気づく。

「地下か。……そう言えば、サルベールには地下に古い水路があるんだったな」

「ええ。今は山から水を引いていますが、昔は街に降った雨水を地下の貯水槽《ちょすいそう》に貯め、飲み水や生活用水に使っていました。その水路が残されています。掃除のために人が通れるような通路もあるので、隠れるには最適かと思います」

グランに続き、ユラが説明を引き継ぐ。

「水は水路を通って、街の各水場へと流れるようになっています。今でも洗濯などに使っている人がいますね。全てにではありませんが、水場には地下への入り口もあります」

二人が話し終えると、リベルは俺に視線を向ける。

「地下が窃盗団の住処だと思う理由は、二点あります。一つは、街の門は夜になると閉じられますし、昼でも出入りをチェックされるので、街の外に住処があるとは考えにくいこと。二つ目は地下の水路は古くて危険であるため、清掃作業員などの限られた者以外の立ち入りが禁止されていること」

「疾風の窃盗団が住処とするのに、うってつけですね」

大きく頷いて納得する俺に、リベルたちは微笑む。

「リベルさん、グランさん、ユラさん。協力していただいて、ありがとうございました。あとは自分たちで調べます」

俺はリベルたちにお礼を述べてソファから立ち上がり、エリオットたちに向かって言った。

「まずは、窃盗団の住処が地下のどこかにあるのか、探してみよう」

すると、カイルとアリス以外の皆が、目を見開いて慌てる。

「え、あの、アルフォンス殿下と合流されないんですか？」

「充分に情報は得ましたし、一度戻られたほうがよろしいかと思いますが……」

動揺するリックとエリオットに、俺は眉を寄せる。

「だけど、合流する時刻にはまだ早いでしょ。骨董店は何軒もあるし、アルフォンス兄さまにはこのままお店を回ってもらって、僕たちは疾風の窃盗団の住処を見つけたほうがいいと思うんだ」

にっこりと微笑む俺に、エリオットたちは困った顔をする。

そんな二人をチラッと見て、カイルはため息をついて立ち上がった。

「このまま帰られるとは思っていませんでした」

「フィル様ですものね」

アリスが微笑む。グランたちは呆気にとられて会話を聞いていたが、ハッと我に返った。

「そ、それでは私たちもお手伝いを……」

「いいえ、先ほども言いましたが、あとは僕たちが捜します。皆さんは午後の演目の準備を行ってください」

首を振った俺に、リベルたちは悲しそうに言う。

「何か他に協力できることはありませんか？」

「失礼ながら、皆様はこの街の地理にお詳しくありません。水路の入り口は何箇所もありますし、見つけ出せるとは思えないのですが……」

不安げなグランの言葉に、俺は悩む。

……それは一理あるな。でも、午後の劇に影響が出るのはなぁ。

俺は考えて、それから彼らに向かって言った。

「では、この街の地図を用意していただけませんか？　そして、水路の出入り口に関する情報を教えてください」

にっこり微笑むと、彼らは大きく頷いた。

◆　◆　◆

リベルたちと別れて劇場を後にした俺たちは、まず窃盗団が使っているであろう地下への出入り口を探すことにした。

リベルから得た情報によれば、地下水路から水を引いている水場は数百箇所。

その水場の中で、地下水路から人が出入りできそうな場所は数十箇所。

さらにそこから絞り込んで、人目につきにくい場所の十箇所ほどをピックアップする。

今向かっているのは、その中でも大通りから離れている場所だ。

カイルが最も疑わしいと目をつけた出入り口が、この道を行った先にある。

街を囲う塀沿いにある道を歩きながら、コクヨウが俺に言う。

【この出入り口が、正解かもしれんな】

アリスの肩に乗る香鳥《かおりどり》のノトスも、ピョルルルと鳴く。

【ええ。コクヨウ様と同意見です。先ほど残された体毛と、同じ匂いがします】

「匂いに敏感なコクヨウたちも、この道で合ってると思うって」

俺がそう言うと、カイルはホッと安堵の息を吐く。

「カイル。人目のつかない水場は他にもあるのに、何でここだと思ったの？」

小首を傾げアリスが問うと、カイルは苦笑した。

「隠れて暮らす者たちにとって、自分の住処を知られることは死活問題だからな。盗みを働く大通りや闘技場からは、なるべく遠く離れた場所に住処を置きたい。だとすると、大通りや闘技場は中

央の南寄りだから、北側の塀沿いにある出入り口を使っていると思ったんだ」

カイルはルワインド大陸にいた時、隠れて暮らしていたらしいから、その心理はよくわかるのだろう。

「この道は人通りも全くありませんからね」

「日が暮れればさらに闇に紛れやすくなるかもしれません」

エリオットとリックが言い、俺は頷く。

高い塀で日陰になっているからか、昼間だというのに薄暗く、ひんやりしている。

大通りにはたくさんの街灯があったが、この辺りにはほとんど設置されていなかった。

昼間でもこんなに暗いのだから、夜になったらさらに真っ暗で見えないだろう。

どこかから誰かが見ているんじゃないかという、不気味ささえ感じる。

リックとエリオットも、その雰囲気に警戒を強めて辺りを見回していた。

その時、先を歩いていたコクヨウが、ピタリと足を止める。

【誰かいるな】

地図によれば、少し先に古い水場がある。

まさか、コクヨウの言う『誰か』っていうのは、窃盗団のメンバー？

早速、鉢合わせしたのか？

俺は胸を押さえ、深呼吸する。

すると、アリスの肩に乗っていたノトスが何を思ったか、ゆっくりと翼を動かし始めた。

不思議なことに、羽ばたきの音が全くしない。

驚いている俺たちの周りを、柔らかな新緑の匂いが包み込んだ。

【皆様方の匂いを、自然界にある香りで覆いました。大きな音を立てない限りは、気づかれないと思います】

香鳥はその名の通り、香りを作り出し一定範囲に振りまく能力を持っている。

さすがノトス、素晴らしいサポートだ。

「ありがとう。あ、コクヨウも極力気配を抑えてくれる？」

俺はノトスの頭を撫でながら、コクヨウにお願いする。

さらに後ろにいるエリオットたちにも、コクヨウたちが何かに反応しているから静かにして欲しいと合図した。

音を立てないよう気をつけながら、俺たちは水場に近づいていく。

茂《しげ》みの陰から様子を窺うと、階段状になっている共同の洗い場が見えた。

こういった段差のある洗い場は、グレスハートでも見たことがある。

野菜を洗うところや衣類の洗濯用など、段によって用途が分かれているのだ。

だけど、その洗い場を見回しても、人影らしきものはなかった。

「あれ……誰もいない」

コクヨウの気配察知は、外れたことがないのに。

俺が拍子抜けしていると、コクヨウがため息をついて顎である一点を示す。

【いるのは、あの奥だ】

教えてくれたその場所は、洗い場の奥にある小さなトンネルだった。

そこから水が流れ、洗い場へと続いているので、おそらくあれが地下水路の入り口だろう。

トンネルの大きさは、大人一人が立って通れるくらい。

この位置からでは、暗くて奥までは窺い知ることはできない。ただ、見えるところまでで判断すると、水路脇に人が歩ける道があった。

トンネルの入り口に、鉄格子がはまっているな。

扉がついていないみたいだけど、どうやって出入りしているんだろう。

そう思って首を傾げていると、その鉄格子の隙間から二匹の小さな猿が出てきた。

根元の毛は明るい茶色で、毛先にいくにつれて白くなっている。

「フォロン猿だ」

手乗りサイズのスナザルより、二回りくらい大きいかな。細身で手足が長い。

フォロン猿たちは、それぞれ片耳に青色と赤色のピアスをつけている。

「フォロン猿、可愛いなぁ」

思わず頬を緩めていると、アリスとカイルが苦笑して囁く。

「フィル様、今はほっこりしていては駄目ですよ」

「そうです。ルーゼリア王女殿下の指輪を盗った、フォロン猿かもしれないんですから」

そうだった。新しい動物を見ると、どうしても喜んでしまう。

「あのフォロン猿が、残された毛の持ち主かな？」

俺が尋ねると、コクヨウはフォロン猿を観察しながら言う。

【そのようだな】

アリスの肩にとまっていたノトスも、頭を上下に動かした。

【ええ。匂いからして、間違いありません】

「……そうかぁ」

動物実行犯説が確定されてしまって、悲しい気持ちになる。

窃盗団の中に彼らの主人がいて、召喚獣たちに指示したのかな。

生きるためとはいえ、犯罪に召喚獣を使っているという事実はやはり辛い。

微かな胸の痛みを感じつつ、二匹のフォロン猿を見つめる。

ノトスが香りで誤魔化してくれているからか、フォロン猿たちはまだこちらに気がついてはいないようだ。

どちらかと言えば、出てきたトンネル側を気にしているな。

チラチラと振り返っていたが、しまいには鉄格子を掴んで、かぶりつきの状態で気配を窺う。

【おい、ラピート。お頭《かしら》はもう行ったかな？】

【ん〜……多分。足音聞こえないから大丈夫だと思う】

いないことを確認すると、二匹は大きく息を吐いて、そこに寝転んだ。

【見張りなんてかったるいなぁ】

【こんなところに誰も来ないのにさぁ】

どうやらフォロン猿たちは、主人に見張り役を言い渡されているらしい。

主人がいないとみるや、途端にサボり出す二匹に思わず笑う。

【バンディ、水遊びでもするか？】

一匹が起き上がって言うと、赤いピアスの猿は寝転んだまま返事をする。

【そりゃあ駄目だろ。前にそれやったら、毛が濡れてお頭に遊んでたのがバレたじゃないか】

【ちぇっ。つまんないなぁ】

青いピアスの猿はため息をついて、再び寝転がる。

赤いピアスがバンディで、青がラピートって名前か。

言動からすると、彼らはこの出入り口でよく見張りをしているみたいだ。

フォロン猿は動きが速いから、出入り口に異変があればすぐ中にいる主人に知らせることができるもんな。地下水路は色々なところに出入り口があるから、人が来たとわかれば避難経路はいくらでも選べるのだろう。

まぁ、ああして油断して気づかなかったら、その意味はないけどね。

動物は感覚が鋭い。ちゃんと周りを警戒していたら、抑えきれないコクヨウの気配に気がついたはずだ。にもかかわらずバレていないということは、相当油断しているに違いない。

「フィル様。指輪を持っていった猿とその主人が、地下水路を利用しているとわかりましたね。では、猿たちに気づかれる前に、一度引き上げて対策を立てましょう」

エリオットの言葉に、俺は肩を落とす。

「もう少し様子を見てからのほうがいいんじゃない？　猿たちはのんびりしているから、隙を見て中の様子を探るとか」

俺としては、奥にある窃盗団のおおよその住処まで確認したい。

すると、リックは首を横に振った。

「いくらのんびりして見えても、フォロン猿ですよ。あの猿たちが出入り口にいては、どうにもなりません」

むぅ、ダメか。エリオットたちは、どうしても俺を帰らせたいんだな。

俺はフォロン猿たちをチラッと見て、ため息をついた。

まぁ、無理はできないか。

諦めた俺が頷きかけたその時、俺の耳に小猿たちの会話が聞こえてくる。

【そう言えば、俺たちが盗ってきた指輪はどうしたのかな？】

【花の形した指輪のことか？　まだお頭が持ってるんじゃないかな。今夜あの指輪を渡すって話しているのを聞いたし】

ラピートたちの会話の内容に、俺やカイルは耳をそばだてる。

花の形の指輪って、多分ルーゼリア王女の指輪のことだよな。

まだお頭と呼ばれる人物が、指輪を持っていると聞いてホッとする。

だけど『今夜あの指輪を渡す』……か。

夜に隠れて取引をするってことは、それが盗品であると相手もわかっているのか？

「どういうことでしょうか」

声を潜めて尋ねるカイルに、俺は腕組みをして小さく唸る。

ラピートたちの話の内容が聞こえないリックとエリオットは、不思議そうに俺たちを見つめていた。

それも当然か。俺が動物の声を直接聞くことができたり、カイルが闇の妖精の通訳を介して動物の言っていることがわかったりすることは、グレスハートでも一部の者しか知らない。

エリオットとリックには、まだそのことを伝えていなかった。

ただ、今は彼らの疑問に答えている余裕はない。

俺は口元に指を当てて、しばらくの間、黙っているよう指示を出す。

フォロン猿たちの話は、まだ続いていた。

【渡したら、すぐにこの街を離れるんだろ？】

ラピートが聞くと、バンディは寂しそうに頷いた。

【ちょっと寂しいよなぁ。この街、けっこう気に入ってたのに】

指輪を誰かに渡したら、窃盗団は街を出て行くつもりなのか。

しかも、取引が今夜ということは、指輪を取り返す時間があまりないな。

取引相手はいったい何者なんだろう。

『売る』のではなく、『渡す』と言っているってことは、売買目的ではないのだろうか。

ますます謎が深まってきたなぁ。

ラピートたちを観察していたコクヨウは、俺を見上げて言った。

【どうする。捕まえるか？】

コクヨウさん。聞き方がちょっと楽しそうなのは気のせいかな？

いや、気のせいじゃないな。尻尾が微かに揺れてる。

コクヨウが本気を出せば、きっとあっさり捕まえることができるだろう。

フォロン猿がいかに素早くても、上位の風属性能力をもつコクヨウには決して敵《かな》わない。

コクヨウを行かせるか？

今まで捕まえた相手も、怪我をしたことはない。

まぁ、涎だらけになったり、踏まれたりしてはいたけど……。

信用してお願いしてもいいのだが、鉄格子の先に逃げられたらまずいんじゃないかな？

たとえ子狼姿でも、さすがにあの幅の鉄格子は通れない。

簡単に壊すことはできそうだが、それで奥にいる窃盗団たちに気づかれたら最悪だ。

地図によれば、地下水路は街全体に迷路のように張り巡らせてある。彼らのテリトリーに入って勝てるはずがない。

それでもこのチャンスを逃さず、今動いてラピートたちに詳しい話を聞くべきか。

あるいは一度戻って、アルフォンス兄さんに報告し、態勢を整えるべきだろうか。

どうしようかと悩んでいると、後ろからノトスが声をかけてきた。

【フィル坊ちゃま。この僕にお任せいただけないでしょうか？】

ノトスはそう言って、恭《うやうや》しく翼を広げる。

「ノトスに何か案があるみたいですね」

アリスが自分の肩に乗るノトスを見つめて言うと、ノトスはコクリと頷いた。

【僕の案は、フォロン猿を香りで眠らせるというものです】

ちょっと胸を張って言うノトスに、俺はキョトンとする。

フォロン猿を香りで眠らせる？

今の状況でその案を出すということは、即効性があるってことだよな。

「できれば、フォロン猿の体に悪い影響が出ない方法がいいんだけど……。ノトスの案は大丈夫なのかな」

盗みの実行犯はおそらくラピートたちだが、そもそも主人に命令されたことを行うのが召喚獣だ。フォロン猿たちをあまり傷つけたくはない。

俺が心配になっていると、ノトスは再びコクリと頷いた。

【ご安心を。ただ錯覚させるだけですので、体への影響はないはずです】

【錯覚？　どういうことだ？】

コクヨウに問われて、ノトスは説明しましょうと言うように翼を広げる。

【フォロン猿が好きな果物に、フローリーというものがあります。それを食べると、動物たちは眠ってしまうのです】

それに関しては、書物で読んだことがある。フォロン猿の名前の由来にもなった果物だ。

体に害はないのだが、食べた動物は眠くなるという不思議な果物だった。

それを読んだ時、消化する際に睡眠薬のような成分が体で生成されてしまうのかなって思ったんだよね。

【野生動物の世界では、眠っている間に襲われ、命を落とす危険性もある。そんな果物をよく好んで食べるな】

コクヨウが呆れ口調で、のんびり寝転がっているフォロン猿たちを振り返った。

確かに、いかに動きが俊敏《しゅんびん》なフォロン猿でも、睡眠時は最も無防備な状態となる。

実際、フォロン猿以外の動物たちは、食料不足など余程のことがない限りフローリーを食べることはない。

動物に詳しいトーマの見解では、「フォロン猿はフローリーを食べても他の動物より眠る時間がずっと短いから、フローリーに耐性があるんじゃないかな？」とのことだった。

他の動物が食べない物を食べられるというのは、食料確保の上でとても有利だ。

むしろフォロン猿は食料確保のため、フローリーを食べられるような体に進化したのかもしれない。

【で、そのフローリーとお前の案がどう関係あるのだ？】

コクヨウが話の続きを促すと、ノトスが説明を続ける。

【実はそのフローリーの匂いを嗅《か》ぐだけでも、似た状態を引き起こせるのです】

【食べてもいないのに、香りだけで眠るというのか？】

コクヨウはにわかには信じられないという声で言う。

【実証済みですから、大丈夫です。フォロン猿は香りを生み出す香鳥の能力に興味があるらしくて、以前僕も捕まえられそうになったことがあるんですよね。その時に使ったことがあります】

ノトスは当時のことを思い出したのか、憂鬱《ゆううつ》そうに俯く。

それはノトスも大変だったなぁ。

フォロン猿は楽しいもの、変わったものに強い興味を示すと聞く。

召喚獣にする時も、彼らの興味を引くようなものでおびき寄せるのが効果的だと本に書いてあった。

そんなフォロン猿に追いかけられて、知恵と能力で生き抜かなければならない香鳥は大変だ。

【効き目には個体差がありますが、間違いなく眠くなるはずです。その間に地下水路に入り、窃盗団の居場所を探ればよいかと思います】

ノトスの案、いいかもしれないな。

それなら騒がれることもなさそうだし、何よりフォロン猿にとっても安全だろう。

「よし、ノトスに任せてみよう」

俺が言うと、アリスはノトスに向かって言う。

「ノトス、お願いできる？」

【かしこまりました、アリスお嬢様】

ノトスは片方の翼を広げ、恭しくお辞儀した。

それから音もなくアリスの肩から飛び立つと、フォロン猿の方へと飛んで行った。

寝転がっていたフォロン猿たちは、上空を飛ぶノトスの存在に気がつく。

【おい、ラピート！　香鳥がいるぞ】

【本当だ‼　街にいるなんて珍しいな】

さっそく興味をそそられたのか、寝転がっていた体勢から素早く起き上がる。

先ほどまで退屈そうにしていた二匹は、ノトスの登場にジャンプして「キャッキャッ」と楽しそうだ。

こちらまで匂いは届かないが、どうやらノトスが能力を発動させたらしい。

しばらくすると、ノトスを見上げていたフォロン猿の頭が揺れ始める。

【ラピートぉ。俺……今、すごく眠いよ】

【バンディもか？　俺も何か、フローリーを食べた時みたいに……ふわふわする】

目をトロンとさせてその場にしゃがみ、やがて丸まって寝始めた。

念のためしばらく様子を見ていたが、動き出す気配はない。

「……眠ったようですね」

様子を窺っていたカイルの言葉に頷き、俺はエリオットたちを振り返る。

「フォロン猿が寝たみたいだから、今だったら水路の中の様子を探れるかもしれないよ。こんな機会、めったにないんじゃない？」

リックとエリオットは呆然として、プープーと寝息を立てているフォロン猿たちを見つめる。

「目まぐるしく状況が変わって、大変驚いているのですが……。それはまず置いておいて、中を探るならば我々で行います」

真面目な顔でエリオットが言うと、リックが胸を叩く。

「フィル様たちは一足先に待ち合わせ場所に戻ってください。偵察が終わり次第、我々も向かいますから」

「僕も行っちゃダメ？」

悲しげに問うと、二人は困った顔で頷く。

「どうかお願いいたします」

「窃盗団と鉢合わせした時に、攻撃されることもあります。狭い地下水路では動きが制限され、フィル様をお護《まも》りできないのです」

エリオットとリックは偵察のエキスパート。腕も立つし、引き際も心得ている。

そんなエリオットたちに、俺たちがついていては足出まといか。

「わかった。じゃあ、先に戻ってるよ。気をつけてね」

二人は心底ホッとした顔をして、にっこりと微笑む。

「はい。すぐに合流いたします」

エリオットとリックは、カイルに向かって厳しい顔つきで言う。

「カイル、待ち合わせ場所はそう遠くないが、フィル様とアリスの護衛を頼んだぞ」

「はい」

カイルが頷くのを確認すると、エリオットたちは寝ているフォロン猿を起こさぬように横を通り過ぎ、地下水路出入り口の前に立った。

しばらく扉の構造を探って、静かにゆっくりと鉄格子をスライドさせる。

扉のようなものがないと思っていたが、鉄格子全体が扉になっていたらしい。

音を最小限に抑えて扉を開け、水路内に入ったエリオットとリックは『早くお戻りください』と口パクで言って、俺たちに向かって手を振った。

「仕方ない。先に戻ってようか」

息を吐いて、カイルたちを振り返る。すると、先ほどまで足元にいたコクヨウの姿がない。

「あれ？　コクヨウ？」

見回した俺の視界に入ったのは、テッテッテッテッと軽快な足取りで、眠っているフォロン猿たちに近づいていく子狼の姿だった。

「ちょっと、コクヨウ何してるの」

俺が小声で呼びかけると、顔だけ振り返って言う。

【こ奴らを起こして指輪の件で事情を聞くのだ。根城を見つけて暴れたかったが、できそうにないのでな】

ちょいちょいちょーい！

それは気になるところであるけれども、せっかくノトスが眠らせてくれたのに、起こしたら台無しじゃないか。

俺たちは慌てて茂みから出ていったが、追いつく前にコクヨウはフォロン猿の前に到着してしまった。

【起きよ。お前たちに事情を聞きたい】

【むにゃむにゃ……ん～事情ぉ？】

【ふぁぁ、誰だよ。気持ちよく寝てたのに……】

ラピートとバンディは目元を擦《こす》り、あくびをしながらムクリと上体を起こす。

すると、近くの木にいた小鳥たちが悲鳴を上げながら一斉に飛び立った。

コクヨウが抑えていた気配を一気に解放したのだろう。寝ぼけ眼《まなこ》だったラピートたちもビクッと体を震わせて、恐々と目の前の小さな子狼を見つめる。

【逃げようだとか、助けを呼ぼうなどとは思わぬことだ。我から逃れることはできぬからな】

ニヤリと笑うコクヨウの姿は、俺にとっては可愛いのだけれど、強大な気配を感じているラピートたちにとっては恐ろしいものらしい。

大きく口を開けたまま、声を上げることもできず、二匹はコクコクと頷く。

「コクヨウ、気配を抑えてあげてよ」

俺はラピートとバンディをよいしょと抱き上げ、優しく背中を撫でる。

「もう大丈夫だよ」

俺が誰であるかよりも、助けが来たことに安堵したらしく、ラピートたちは小さな手でぎゅっと俺の胸にしがみついてきた。

俺が二匹をヨシヨシとあやしていると、コクヨウは鼻を鳴らした。

【事情を聞く前に、助けを叫ばれたりしては面倒だからな。どちらが上かをわからせたほうが良い】

いや、まぁ、ここで逃げられたり助けを呼ばれたりしたら困るのは確かだけどさ。

そもそもコクヨウが起こさなかったら、こんな事態になっていないのでは？

「ごめんね。怖がらせて」

俺が謝ると、ラピートたちはおそるおそる顔を上げ、俺の服をクイッと引いた。

【あ、あんたたち誰？】

見上げる二匹の瞳は、不安げに揺れていた。

俺は二匹の背中を優しく撫でながら、にっこりと微笑む。

「僕はフィル。ラピート、バンディ、危害を加えるつもりはないから安心して。ちょっと聞きたいことがあるだけなんだ」

二匹は俺が言葉を理解していることや、自分の名前を知っていることに目をパチクリとさせた。

それから、不安そうに小首を傾げる。

【聞きたいことって、何？】

うーん。まだちょっと怯えてるなぁ。可哀想に。

「あ、そうだ。君たちの話を聞く前に……」

俺は二匹を抱え、洗い場を囲う低い塀に腰掛けた。

「まずは怖がらせちゃったお詫びをするよ。……テンガ」

名前を呼んで召喚すると、空間の歪みからテンガが現れる。

【呼ばれて登場っす！　……って、あぁ！　フィル様、また俺の知らない動物を抱っこしてるっす。何でフィル様は、いろんなところで動物タラシするっすか！】

そう言って、テンガは俺の足にしがみつき不満を訴えた。

いろんなところで動物タラシって……。

テンガの言い方に脱力しつつ、俺はその頭を撫でる。

「違うって。コクヨウがフォロン猿たちを怖がらせちゃったんだよ」

【アニキが？】

テンガは目をパチクリとさせた後、後ろ足で耳を掻いているコクヨウをチラッと見る。

それから目を瞑《つむ》ってしばし考えた後、「うんうん」と頷いた。

【納得したっす。アニキに睨まれたらビビるっすもんね。それで、呼ばれたってことは何か出して欲しいっすか？】

なかなか理解が早くて助かる。

「フォロン猿たちにおやつをあげたいんだ。動物用のクッキーを出してくれる？」

【了解っす】

テンガはお腹の袋をゴソゴソと探り、ヒヨコマークの紙袋を取り出す。

その途端、俺の腕の中にいたラピートとバンディが、クンクンと鼻を動かして興味を示した。

【すっごい、いい匂いがする】

【本当だ。美味そうな匂いがする】

テンガは紙袋をラピートたちに差し出し、得意そうに言う。

【フィル様特製の、美味しい美味しい動物用クッキーっす！　はい、どうぞっす～】

二匹はそれを大喜びで受け取ると、すぐさまクッキーを食べ始めた。

【うっま～っ！　こんな美味しいの初めて食べた】

【サックサクしてる～】

夢中で食べる愛らしい小猿たちに、俺とアリスは笑う。

「口元にいっぱいクッキーの欠片がついてますね。可愛い」

「一気に食べたらおなかを壊すよ。それは君たちにあげるから、少しずつ食べてね」

微笑んだ俺に、ラピートたちは紙袋を抱えて目を輝かせた。

【くれるの？　やったぁ！】

【ありがとう！】

ラピートたちの口元のクッキーを拭った俺は、フォロン猿たちを見据えた。

「じゃあ、さっきの話に戻るんだけど……」

口の中のクッキーの余韻《よいん》を味わっていたラピートたちは、「キキッ！」と明るい声で鳴いた。

【あぁ、俺たちに聞きたいことがあるんだよね】

【美味しいものをくれたから、特別に何でも答えてあげるよ】

そう言って、バンディは胸を叩く。

元気になった二匹にホッとしつつ、俺は優しく尋ねる。

「聞きたいのは、花の形をした指輪のことなんだ。君たちどこにあるのか知ってるよね？」

指輪の話題を出した途端、ラピートとバンディの動作が一瞬止まる。

【ゆ、指輪？　お、俺たちは何も知らないし、盗んでないぞ。な！　バンディ】

【ああ、ラピートの言う通りだ。ここ最近は盗みもやってないからな。そんな花の指輪なんて、見たことも触ったこともないさ】

花の形の指輪と聞いてすぐに盗みと繋げるあたり、彼らの言っていることが嘘だとわかる。

何でも話してくれるって言ったのになぁ。わかりやすいぐらいの誤魔化し方だ。

そんなラピートたちに、カイルも当然騙されなかった。腕組みをした状態で、二匹を睨む。

「お前たちが知らないはずはない。指輪が入っていた箱には、フォロン猿の毛が残されていたんだ。大通りで女性剣士から指輪を盗んだんだろう。嘘をついても、匂いでわかるぞ」

「ノトス、残された体毛の持ち主はわかる？」

アリスが自分の肩に乗るノトスに尋ねる。

【匂いからして、バンディさんが毛の持ち主です！】

ビシリと指摘されて、バンディは悔しそうに頭を下げた。

【うぅ……。まさか毛を残してたなんて……】

【見張りの俺がバンディを焦《あせ》らせたせいだ】

ラピートは落ち込むバンディの肩に、手を置いて慰める。

「じゃあ、やっぱり君たちが盗ったんだね？」

俺がまっすぐ二匹の目を見て確認すると、ラピートたちは観念したのか小さく頷いた。

「指輪を返してもらえないかな？　あれはとても大事なものなんだ」

ラピートとバンディは困った様子で、顔を見合わせる。

【返してあげたいけど……。お頭や仲間を裏切れないよ】

【あれは頼まれたものだから……】

そう言って、二匹はしょんぼりと呟く。

「頼まれた……って、もしかして今夜君たちのご主人が会う取引相手に？」

眉を寄せて俺が尋ねると、ラピートとバンディは目をパチクリとさせた。

【あれ？　取引のことも知ってるの？】

【何でも知ってるんだね】

やっぱり、そうなのか……。

「取引相手に依頼されて、指輪が盗まれたってことは……」

俺の呟きに、カイルが声を潜めてその言葉の先を引き継ぐ。

「つまり、ルーゼリア王女殿下の指輪がたまたま盗まれたわけではなく、王女殿下の指輪が狙われたということですよね」

「うん。しかも、取引相手……もしくはその後ろにいる人物は、ルーゼリア王女殿下を見知っている者かもしれない」

俺とカイルの会話を窺っていたアリスは、小さく息を呑む。

「フィル様。見知っている者が取引相手って……」

「ルーゼリア王女殿下はお忍びの際、指輪を箱にしまって持ち歩いていた。彼女の素性《すじょう》や、指輪の存在、どこに指輪があるのかを知らなければ、盗んで来いなんて言えないよ」

「なるほど。それを知っているのは、限られた者だけってことですね。でも、誰がそんな……」

表情を曇らせるアリスに、俺とカイルも唸る。

「君たちはその取引相手を見たことある？」

俺がラピートたちの顔を覗き込むと、二匹とも首を横に振った。

【本当だろうな】

尻尾を揺らしながら、コクヨウがじっと睨む。

テンガは二匹に向かって、真面目な顔で囁いた。

【もし隠し事があるなら、全部喋ったほうがいいっすよ。パン泥棒の神様もアニキに嘘をつく時が

あるっすけど、すぐにばれて踏まれてるっす】

テンガのいうパン泥棒の神様とは、ランドウのことである。

姿を消せる能力を持つ種族で、その能力ゆえに神様と崇《あが》められていた時代があった。

ランドウのご先祖様も、末裔《まつえい》が能力を使って人間からパンを盗むようになるとは夢にも思うまい。

出会った時も、コクヨウに踏まれて捕まえられてたんだよねぇ。

その時の恨みなのか、いつかコクヨウをやり込めたいと思っているらしい。

中身は普通の動物なのに、よく伝承の獣に立ち向かおうとするよね。

感心する反面、結局コクヨウに返り討ちにあうんだから、諦めればいいのになぁとも思う。

諦めの悪いランドウのおかげで、ランドウがコクヨウに踏まれる姿を見るのはすっかり日常と化してしまった。

そんな事情を知らないラピートとバンディは、お互いの体を抱きしめプルプルと震えている。

【ラピート。俺、泥棒の神様って聞いたことないけど、多分すごい神様なんだよな？　そんな神様を踏むってことは……】

【ああ、ただの泥棒の俺たちだったら、どんなことになるか……】

勘違いしたまま、二匹はあわあわしている。

コクヨウが見せつけるように、タンタンと足を踏み鳴らしているからなおさらだろう。

見た目は可愛い子狼なのに、悪そうな顔で笑ってるなぁ。

「コクヨウ、やめなってば。ラピートたちは本当に知らないみたいだよ」

俺がかばうと、ラピートとバンディは涙目で頭を上下に動かす。

【ほ、本当に知らないよ】

【お頭しか会ったことないんだ】

その必死さは、嘘を言っているように見えない。

「じゃあ、取引の内容については？　取引に至った経緯とか。ご主人様から何か聞いてない？」

【……話しても、俺たちやお頭のこといじめない？】

不安そうに上目遣《うわめづか》いで見るラピートとバンディに、俺は大きく頷いた。

「うん。いじめないよ」

優しく微笑むと、ラピートは意を決したように口を開いた。

【実は少し前に、俺たちの仲間が盗みに失敗して捕まっちゃったんだ】

「え、疾風の窃盗団が捕まった？」

逃げ足が速いという疾風の窃盗団が捕まるなんて……。

俺が驚いていると、カイルがフォロン猿たちに顔を寄せて尋ねる。

「それは最近増員した街の衛兵にか？」

ラピートたちはそろって首を振った。

【多分違うと思う。素性はわからないけど、衛兵って雰囲気じゃなかった。な、ラピート】

【うん。もっと隙がなくて、強そうだった。あっという間に仲間三人が捕まえられちゃったんだ】

そう言って、ラピートたちはしょんぼりと肩を落とす。

俺は低く唸り、眉を寄せた。

「衛兵が捕まえたわけじゃないのか……。まぁ、街の衛兵だったら、街の人々に窃盗団を捕まえたと宣言するだろうし、グランたちだって情報を仕入れているはずだもんね」

「そうですね。しかし、何者なのでしょうか。街の衛兵だってそれなりに修練を積んでいます。それより強いとなると、相当な手練れですよね」

カイルの言葉に頷き、それから俺はラピートたちに話の先を促す。

「それで、どうなったの？」

【仲間を捕まえた奴らを束《たば》ねる奴がいるらしくって、お頭はそいつと取引することになったんだ】

【お頭はすごいんだ！　仲間を助けるために、一人で取引相手に会いにいったんだから！】

バンディはちょっと誇らしげに胸を張る。

召喚獣に盗みを働かせる行為は、絶対にやってはいけないことだ。だが、少なくともバンディとラピートにとっては、主人は尊敬の対象らしい。

「なるほど。じゃあ、その取引相手に『とある指輪を盗んで来たら、捕まった仲間を解放する』とでも言われたのかな？」

俺が聞くと、ラピートたちは驚いた顔をする。

【何でもすぐわかっちゃうんだなぁ】

【そうそう。そうなんだ】

「じゃあ、取引が成立するまで、仲間は人質に取られたまま。だから、絶対に指輪が必要ってわけか……」

顎に手をやって考え込むカイルに、アリスが少し不安げに尋ねる。

「指輪の取引相手に人質をとられているの？　捕まった人は大丈夫かしら」

【お頭が情報交換のために、何度か取引相手と会ってるんだけど、その時、仲間の様子も見られるらしいんだ。ご飯を食べさせてもらってるし、痛めつけられてもいないってさ】

【仲間に会ってきたお頭が、『こっちは心配して飯が喉を通らねぇのに、あいつら普通に食べてゴロゴロしてんのか、ここにいる時よりまん丸としてやがった』って腹立てて帰ってきたことあるよな】

【そうだった、そうだった】

キャッキャッと笑い合う小猿たちに、俺もつられて笑う。

そんな俺を見つめるアリスに、バンディの言葉を通訳すると、彼女はホッと息を吐いた。

「少し安心しました。人質をとるような人たちなので心配しましたけど、無事なんですね」

「大事な取引の材料だからかもしれないな。だが、人質に必要最低限の食事しか与えない場合もあるから、そういう意味では相手が良かったのかもしれない」

カイルの言う通り、少なくとも人質がひどい扱いを受けていないのは良かった。窃盗団とはいえ、飢えや厳しい労働に苦しんでいたら、さすがに心が痛む。

でも、無事に戻されるまで安心はできないし、人質をとって言うことを聞かせようという相手だからまだ油断はできないけど……。

「どんな人たちなんだろう。他にその人たちに関すること、何も聞いていない？」

【これ以上話したら、お頭に怒られちゃうよ。な！】

【うん。お頭は怒ると怖いんだ】

ラピートとバンディは困り顔で、お互いの顔を見合わせる。

まいったな。少しでも相手の情報を仕入れておきたい。何とか話してもらう方法はないものか。

俺が眉を寄せていると、ふとコクヨウがテンガに何かを囁いているのが見えた。

はて？　何を企《たくら》んでいるんだろう。

首を傾げる俺の目の前で、テンガがお腹の袋から紙袋を取り出した。先ほどと同じヒヨコマークの紙袋だが、マークの色が黄色と緑色で違っている。

どちらも動物用で、黄色はクッキー、緑色はお煎餅《せんべい》だ。

お煎餅といってもうるち米ではなく、小麦粉で少し甘めに作られているもので、クッキーよりも硬い。

【もしかして、それもくれるのか？】

バンディたちは目を輝かせ、ちょうだいと両手を差し出す。

しかしその手は、パシッとコクヨウの尻尾によって軽く払われた。

【情報を話せぬというのであれば、これはやれんなぁ。これは先ほどのクッキーとは違う。せんべいという菓子だ。話せばやろうと思っておったのになぁ】

そう言って、残念だとばかりに大きく息を吐く。

「コクヨウ、そんな意地悪……」

眉をひそめた俺の言葉を、コクヨウは視線で制止する。

どうやらラピートたちから情報を聞き出したいなら、黙って見ていろということのようだ。

ラピートたちは尻尾で叩かれた手をさすり、羨《うらや》ましげに紙袋を見つめながら言う。

【そ、そんな菓子なんか……】

【俺たち別に……】

【ふむ。そうか。ならば仕方がない。テンガ】

名前を呼ばれたテンガは、紙袋から煎餅を取り出した。

【はい。アニキ、どうぞっす～!】

【うむ】

差し出された煎餅を、コクヨウは大きく口を開けて食べる。

【あぁ!】

驚くラピートたちの前で、コクヨウはバリボリと音を立てながら咀嚼《そしゃく》する。

一枚、二枚と煎餅がコクヨウの口の中に消えていく様子に、ラピートたちは半泣きで叫んだ。

【ひどい！　さっき、話したらいじわるしないって言ったのに！】

【話すから、せんべいちょうだい！】

コクヨウは煎餅の咀嚼を終え、ラピートたちに向かって鼻を鳴らした。

【フッ、なくなる前に観念すると思うたわ。フィルのクッキーを一度《ひとたび》食せば、せんべいも絶対に食べたくなるだろうからな。クックック】

悪い顔で笑うコクヨウを見て、俺は小さくため息をついた。

極悪子狼、ここに極まれりだな。

情報は欲しかったけど、まさか食べ物で強請《ゆす》るなんて……。ラピートとバンディも可哀想に。

【フィル坊っちゃまのお菓子の美味しさを逆手《さかて》にとるとは、さすがコクヨウ様ですねぇ】

【アニキすごいっす！】

感心するノトスとテンガに、コクヨウは口元を舐めながら満更《まんざら》でもない顔だ。

すごい……のかな？　ラピートたちの言うように、意地が悪いだけだと思うのだが……。

【なぁ、せんべいくれるんだろう？　約束守るからさ】

ねだるラピートたちに、テンガは煎餅の袋を渡した。二匹は嬉しそうに、煎餅を頬張る。

【美味《うま》い!!】

【こんなの食べたことないや】

意地悪されたことはもう忘れたのか、とても幸せそうだ。

「それで、その取引相手の情報は？」

カイルに促されて、ラピートたちは煎餅を囓《かじ》りながら言う。

【ムグムグ、えっと、これはお頭が仲間と話しているのを聞いたんだけどさ。指輪以外にも条件を出されてるみたいなんだ】

「条件って？」

【取引を終えるまでは、盗みをせず大人しく隠れていること。取引を終えたらコルトフィアから出国すること。決してこの件を他言しないこと】

ラピートが指折り数えながら言い、バンディは大きく手を広げる。

【そうすれば、た～くさんのダイルコインを与えた上で、出国にも手を貸してくれるって】

「相手の条件が、盗みをしない・依頼後は国から出る・この件を他言しない……か。これって最近の疾風の窃盗団のおかしな行動の原因だよね？」

「ここ最近は疾風の窃盗団が盗みを働いていないらしいっていう、あの話ですよね。取引をする前に、窃盗団が衛兵に捕まってしまっては困るからでしょう。多額のダイルコインを用意し、出国にも手を貸すことができる人物……。相当の権力者でないと無理かと思います」

声を潜めるカイルに、俺はコクリと頷く。

「国から出そうとしているのは、自分のもとから遠ざけたいと考えているってことかな？」

「つまりコルトフィア国民、もしくはこの国によく出入りする人物でしょうか？　権力があってルーゼリア王女殿下に近しく、指輪のことをよく知っている人物となると、だんだん絞られてきますよね」

アリスの言葉を俺が肯定しようとした、その時だった。

【皆様、大変です！　煙の臭いがします！】

ノトスの声に驚いた俺は、ラピートたちを抱えて立ち上がった。

見れば地下水路の奥から、大量の白煙が迫ってくる。

「フィル様、後ろへお下がりください！」

先ほどまで隠れていた茂みの陰に移動し、カイルとコクヨウは俺とアリスを庇《かば》うように前に立つ。

【何すか？　何すか？】

パニックを起こしているテンガに、俺は言う。

「テンガ、我が身に控えよ」

空間へ消えたテンガを見て、アリスもノトスを控えさせた。

「中で何があったんでしょう」

心配そうなアリスの呟きに、ラピートたちもトンネルを見つめて不安げな顔をする。

【もしかしたらお頭たちに何かあったのかもしれない】

【これ、逃げる時に使う煙玉だもんな】

この白煙は避難用の煙玉から出たものなのか。

もしかして、疾風の窃盗団とリックたちが鉢合わせしたとか？

だけど、リックたちは探索の技術が高い。何かしらのアクシデントでもなきゃ、そんな事態にはならないと思うんだけど……。

「フィル様、中から複数の足音が聞こえます」

カイルが声を潜めつつ、緊迫した声で言う。

「リックたち？」

【いや、それより数が多いな】

コクヨウの言葉に、俺は息を呑む。

ってことは、今度こそ疾風の窃盗団!?

しばらくすると、トンネルの中からゲホゲホと咳をしながら数人の若者が出てきた。

先頭にいたのは十代後半くらいの少女。健康的な小麦色の肌で、ショートパンツにシャツにジャケットという軽装だった。腰には細身で少し短い剣を佩《は》いている。

「シャル！　何だいあの煙玉は！　死ぬかと思ったじゃないか！」

少女はキッと後ろを睨んで、咳き込んでいる少年を怒鳴りつけた。

シャルと呼ばれた少年は、少女よりほんの少し幼い。煙で目がやられたのか、はたまた怒鳴られたからか涙目で訴える。

「ケホケホ、しょうがないじゃないですか。本来あの煙玉は、地下で使うものじゃないんですからぁ」

「だったら先に言いな！」

「ちゃんとお頭に言ったのに……」

シャルはボソッと呟き、不満げに口を尖らせる。

え、お頭？　あの少女が疾風の窃盗団のお頭なのか？

リベルの情報で、疾風の窃盗団は十代後半から二十歳くらいの若者たちだとは聞いていたけど……。

まさか窃盗団のお頭が、あんなに若い女の子だとは思わなかった。

俺が驚いていると、少女のすぐ後ろにいた背の高い少年が言う。

「ゾフィ姉さん。とにかくここから離れないと、追っ手が来……ゴホゴホッ」

言い終わる前に咳き込んだ少年の背中を、ゾフィが優しく擦《さす》る。

「トレヴィス、大丈夫か？」

ひどく心配そうに顔を歪める彼女に向かって、トレヴィスは咳をしつつも頷いた。

「コホ……平気。これは煙を少し吸ったからで、いつものじゃないよ」

その返答に、ゾフィは安堵の息を吐く。

「そうか。なら、良かった」

咳をしただけであんなに心配するってことは、トレヴィスは何か持病があるのだろうか。

「無理するな。そんなにすぐには追いかけてこられないさ」

優しく微笑むゾフィに、隣にいたシャルが呟いた。

「お頭、煙玉以外にも、特製ラルム玉もぶつけてきましたもんね」

ラルムというのは、この地方の特産品である野菜だ。

玉葱《たまねぎ》を切ると目にしみることがあるが、ラルムの汁はその何倍も強力である。

調理する時は切らずにまるごと煮るか、一度ゆでてから切らなければならないほどだ。

調理の授業でそれを忘れて生のまま切った生徒がいて、大惨事になったことがあった。

あの時はしばらく涙が止まらなくて大変だったなぁ。痛みを思い出すだけで、目がシパシパする。

同じく調理の授業を選択しているカイルとアリスも、それを思い出したのか目をパチパチさせていた。

特製ラルム玉かぁ。どれくらいの威力かはわからないが、名前を聞いただけでもすごそうだ。

リックたち大丈夫かな？　彼らの言っている追っ手が、リックたちじゃないといいんだけど……。

未《いま》だに地下水路から出てこないから、ちょっと心配だ。

「ラルム玉でしばらくは大丈夫だとしても、ここから移動したほうがいいよ」

真剣なトレヴィスの言葉に、ゾフィは頷いて彼の肩を叩いた。

「わかった。そうしよう」

「でもお頭、どこに移動します？　第二避難場所も第三避難場所も、この間衛兵に見つかっちゃったじゃないですか」

「今夜の取引が終わったら、国から出ていくんだ。一晩なら路上だっていいさ。……っと、その前に、ここの見張りを頼んだラピートとバンディはどこだ？」

辺りを見回すゾフィの言葉に、ラピートとバンディの体がビクッと震えた。

「そう言えば、姿が見えないな」

少年たちも一緒になってキョロキョロと顔を動かす。

「まさか衛兵たちがこっちにも来ていて、捕まったとか？」

一人が不安を口にすると、他の数人が笑った。

「それはないだろ。ラピートたちは俊敏だ。捕まる前に逃げ出すさ」

「だいたい衛兵がここにいるとしたら、とっくに取り囲まれて俺たちはお縄になってる」

「そうだよな。じゃあ、どこに行ったんだろ」

少年たちが話している間に、ゾフィの表情がどんどん険しくなっていく。

「もしかして、あいつらまたどっかで昼寝でもしてるのか？」

低く唸るような声を聞いて、俺の腕の中にいたバンディたちが慌てふためく。

【まずい！　見張りをしてなかったのお頭にバレちゃった！　どうするラピート！】

【ど、どうするって言ったたって、出ていくしかないだろ】

【だけど絶対怒られるってぇ！】

【あ、そうだ！　アンタから上手く言ってくれないかな？　俺たちは見張りをやってたってこと！】

【それがダメなら、せめて俺たちがすっごく反省してるってこと！】

服にしがみついて鳴き声を上げる小猿たちに、今度は俺が焦る。

「ちょっと静かに、落ち着いて。庇ってあげたいところだけど、ちょっとこの段階で彼らに会うっていうのは……」

小声で小猿たちと話している俺に、カイルがそっと囁く。

「フィル様、もう遅いです。こちらに気づきました」

「え！　本当⁉」

俺がおそるおそる茂みから覗くと、ゾフィがこちらへ走ってくるところだった。

さすが疾風の窃盗団のお頭。足が速い。

あっという間に、俺たちの隠れ場所へ来てしまった。

「鳴き声でわかるよ！　ラピート、バンディ！　さっさと出てき……」

覗き込んだゾフィは、俺たちの姿を見て大きな目をパチクリとさせる。

み、見つかってしまった。……どうしよう。

とりあえず、交流の基本は挨拶。敵ではないことを示さないと。

驚いているゾフィに向かって、俺はへらりと笑った。

「あ……その、こんにちは」

ゾフィは俺とカイルとアリス、それから二匹の小猿を順番に見る。

俺にしがみついているラピートたちの姿に、なぜか彼女は困惑していた。

「身なりからして観光客の子供たち……。そんなよく知らない子供に、何でラピートとバンディが……」

独り言のように呟く彼女に、俺は首を傾げる。

何でって、どういうことだ？　観光客の子が小猿と戯れていたら何かおかしいのだろうか。

「お頭、ラピートたちは見つかりましたか？」

「ゾフィ姉さん？　どうしたの？」

「あれ、その子たち迷子ですか？　……って、ラピートとバンディが大人しく抱かれてる⁉」

後ろからやって来た少年たちが、俺たちを見てポカンと口を開ける。

え、何。この雰囲気。ラピートとバンディを抱っこしてたら、いったい何なわけ？

あからさまに敵意を向けられるのも嫌だけど、彼らの困惑や驚きはどう捉えたらいいのか。

「あの、僕たちは別に貴方たちの敵ではなく……」

勇気を出して話し始めると、俺をじっと見つめていたゾフィは眉を寄せる。

「アンタ、何者だい？　警戒心の強いラピートとバンディを、どうやって手懐《てなず》けた」

「……はい？　今なんて？」

「だから！　警戒心の強いラピートとバンディを、どうやって手懐けた！」

イライラしながら言い放たれ、今度は俺が目を瞬かせる。

ラピートたちが警戒心が強いって？　嘘でしょ。

すぐに抱っこさせてくれたし、暴れることもなく素直だったけど？

冗談かと思ったが、疾風の窃盗団の面々もざわついていた。

「仲間にしか馴れないあの二匹が、あんなに大人しいなんて」

「お頭とトレヴィスしか触らせないのに、いったいどんな手を……」

真面目に話す彼らの顔を見ると、どうやら冗談でもないらしい。

「君たち警戒心強いの？」

俺がラピートたちに尋ねると、二匹はちょっと照れた様子で頭を掻いた。

【んー。まぁ、ちょっと。俺たち普通の人間だったら、すぐに気を許したりしないんだぜ】

【でも、アンタはあの極悪子狼から庇ってくれたし、美味しいお菓子いっぱいくれたしさ】

なるほど。極悪子狼、もといコクヨウの脅《おど》しと、お菓子の力のおかげか。

【でも、それだけじゃないよ。不思議なんだけど、アンタといると、すっごく安心できるんだ】

【お頭は怒ると怖いもんな……あ！　お頭だって普段は優しいよ！　俺たちお頭の召喚獣で良かったよ！】

【うん！　お頭かっこいいし！】

ゾフィに言葉は通じないだろうに、二匹は身振り手振りで一生懸命言い訳をする。

だが、その身振り手振りが良くなかった。

彼らの手に持った袋の中のクッキーと煎餅が、ガッサガッサと音を立てる。

「何だそれは……。香ばしい……焼き菓子？」

【バレた!!】

中身を言い当てられて、二匹はぎゅっとお菓子袋を抱きしめる。

「そうか、そういうことか。お前らぁ、何餌付《えづ》けされてんだぁっ！」

クワッと目をつり上げたゾフィに、ラピートとバンディは体を震わせる。

俺は慌てて、ゾフィに頭を下げた。

「ごめんなさい。僕の召喚獣がこの子たちを驚かせちゃったから、お詫びにあげたんだ」

「驚かせたお詫びぃ？」

ゾフィは俺の足元で欠伸《あくび》をしているコクヨウを見て、疑わしそうに眉を動かす。

「ラピートとバンディが、その小さい狼に？」

【我の気は強大ゆえにな】

ニヤリと笑うコクヨウを見て、ゾフィは小さく唸る。

「……まぁ、いい。ラピートたちが世話になったな。行くぞ！　ラピート、バンディ」

【はいぃ！】

二匹が肩に跳び乗ると、ゾフィはくるりと俺たちに背を向ける。

まずいな。自分たちの住処を捨ててきたってことは、指輪は彼女たちが持っているはずだ。

このまま取引をさせるわけにはいかない。

「待って！　貴方たちに話があるんだ」

すでに歩き始めていたゾフィは、訝《いぶか》しげにこちらを振り返った。

「話だって？　アタシたちが誰だかわかってて言ってんのかい？」

俺は頷き、にっこりと笑ってみせた。

「知ってるよ。……疾風の窃盗団だよね？」

反射的に逃げる体勢をとった彼らを、俺は手で制止する。

「あ、違うよ。さっきも言ったけど、貴方たちの敵じゃない。ただ……貴方たちがどれだけ真実を知っていて、指輪の取引をしようとしているのか、話を聞きたいんだ」

「何で取引のことを……まさか」

ゾフィが周りを睨むと、少年たちはブンブンと首を横に振った。

「知らないっすよ。こんな小綺麗な子たちになんか会ったことないですし！」

「取引が始まってからは、皆で地下水路にこもりきりだったじゃないっすか」

濡《ぬ》れ衣《ぎぬ》だとばかりに、少年たちは口を尖らせる。そんな彼らを見たラピートたちは、素知らぬ顔をしていた。

「彼らじゃないよ。とある秘密の情報筋からだから」

微笑む俺を、ゾフィはますます訝しげに見つめた。

「アンタ、本当に何者だい」

「君たちが僕たちとの話し合いに応じてくれるなら、何者かを教えるよ」

まっすぐ見つめ返した俺を、ゾフィは目を細めて睨む。

「名乗りもしない奴の話に、アタシが応じると思っているのかい？」

「じゃあ、貴女は今夜会う取引相手の素性を知ってるの？」

俺が小首を傾げて尋ねると、ゾフィは唇を噛む。

この様子だと、彼女も相手の素性を知らないらしい。

仲間を人質にとられている状況じゃ、怪しくても取引せざるを得なかったんだろうけど……。

「素性がわからないって点では、僕も取引相手も変わらないよね。むしろ向こうは人質をとって、君たちに断ることのできない取引を持ちかけている。そういう人よりは、僕たちのほうが信用できると思うけど」

「人質のことも知ってるのか……」

息を呑むゾフィに、黙って控えていたトレヴィスが声をかけた。

「ゾフィ姉さん。僕は向こうより、彼のほうが信じられると思う。ラピートたちだって、衛兵の仲間や怪しい人間だったら、大人しく餌付けされたりしないよ」

その言葉に、ゾフィの両肩に乗るラピートとバンディも肯定する。

【うん！　良い人だよ。お頭！】

【餌付けされたから言ってるんじゃないよ！】

そう思うなら、お菓子の入った紙袋でガッサガッサと音を立てないで欲しいなぁ。

「だが……」

悩むゾフィに向かって、アリスは真剣に訴える。

「お頭さん、お願いです。私たちの話を聞いてもらえませんか？」

曇りのないアリスの眼差しに怯んだゾフィが、口を開いた時だった。

地下水路の煙の向こうから、ヨロヨロと鎧を着た五人の男性が出てくる。

この鎧の意匠は、街の衛兵だ。どうやら中で窃盗団と対峙したのは、リックたちではなかったらしい。

衛兵たちは咳き込み、地面に膝をついてボロボロと涙を流す。

「くそっ！　疾風の窃盗団め……何投げたんだ」

「さっきよりはマシになってきたが、目が痛くて仕方ない」

彼らは恨《うら》み言を言いながら、こぼれる涙を拭う。

ラルムの液で目が上手く開けられないのか、まだ俺たちの存在には気がついていないようだった。

あんなになるなんて。ラルム玉、恐ろしや……。

「特製ラルム玉を当てたのに、よくここまで歩いて来たなぁ」

シャルが呑気に感心していると、ゾフィはそのおでこを軽く叩いた。

「とぼけてないで、今のうちにずらかるよ」

「待って。これからどこに行くの？　もし隠れ場所がないなら、僕が提供しようか？」

そう提案した俺に、カイルはぎょっとして囁く。

「フィル様、その場所って……」

「ん？　僕らの荷物を置いている倉庫」

何せ俺たちは、王族旅行の一団。馬車休憩の度に使用する調理器具や簡易テーブル、椅子や食器などの荷物がある。

今宿泊している宿屋はそれらを置くスペースがなかったため、街の外れに小さな小屋を借りて倉庫として使っていた。

実は、そこはアルフォンス兄さんたちとの待ち合わせ場所になっている。

「よろしいのですか？」

困り顔のカイルに、俺は微笑む。

「あの場所ならここからも近いし、住宅から離れている。それに、絶対に衛兵も近づかないでしょ」

なぜなら、グレスハートの王族が借りていることを、街の衛兵に伝えているからだ。

俺たちだけで密談できるからこその、待ち合わせ場所だった。

よもや王族である俺たちが、疾風の窃盗団をかくまっているとは思うまい。

「私はいい案だと思います」

アリスはカイルの顔を窺いつつも、賛成してくれる。

アリスを味方につけた俺の視線を受けて、カイルはため息をついた。

「わかりました。あの辺りには並木が続いています。キミーたちに協力してもらって、闇妖精の能力で作り出した影に紛れつつ行きましょう」

俺たちが話を進めていると、ゾフィは呆れ顔で言う。

「アンタらとの話し合いに応じるかどうか、まだ返事してないと思うんだけど？」

俺はキョトンとして、彼女を見上げた。

「地下水路に疾風の窃盗団がいたとわかった以上、そこにはもう入れないよ。それに他の隠れ場所が見つかっているということは、君たちの隠れそうな場所は全部把握済みだと思う」

「先ほどの騒ぎで、街の見回りも強化されるでしょうしね」

カイルの言葉に俺は頷き、にこっと笑った。

「ね。まだ信用できなくても、今は僕たちについてきたほうがいいんじゃない？」

そんな俺の笑顔に、ゾフィは小さく舌打ちした。

# 5

俺たちは街の衛兵たちに気づかれぬよう移動し、倉庫へと向かった。

倉庫の前には、今回の旅に同行している見張りの兵士が二人いた。

俺たちの荷物はステラ姉さんから借りたティリア王家の紋章が入った品々なので、倉庫に鍵をかけた上で、交代で見張りを立てているのだ。

周りに他の誰もいないことを確認して、俺たちは彼らの前に姿を現す。

「ひぃっ!!」

突然現れた俺たちに、彼らは短い悲鳴を上げた。いかに屈強な兵士でも、突然の出現は相当驚いたらしい。

「あ、ごめん、驚かせて。見張りご苦労様」

俺が微笑むと、焦った兵士は顔を真っ赤にしながら敬礼をする。

「い、いえ！　お見苦しいところをお見せして申し訳ありません！　お話は伺っております。どうぞ中へ」

彼らは敬礼をして、倉庫の扉を開ける。

外はまだ明るかったが、倉庫の中はカーテンがかかっているせいで薄暗かった。

カイルが先に中に入って、ランプをつける。

すぐ旅立てるように、荷物は用途別に整理されて並べられていた。

アルフォンス兄さんたちとの待ち合わせ場所であることが伝わっていたからか、すでに簡易テーブルと椅子が設置されている。

「何かございましたら、お呼びください」

「ありがとう」

お礼を返すと、彼らは深々とお辞儀をして出ていった。

そんな彼らの対応に、ゾフィたちは呆然とする。

まぁ、素性を知らないんだから驚くよね。

俺は苦笑して、ゾフィに椅子を勧める。

「せっかく用意してもらったんだから、座って話をしよう」

椅子が四脚あったので、俺とアリス、ゾフィとトレヴィスが席に着くことになった。

トレヴィスは緊張した面持ちで、俺に尋ねる。

「ここに来るまで、貴方には誰か雇い主がいて、その人に頼まれてここに僕らを連れてきたんじゃないかと思っていました。ですが、先ほどの兵士の対応を見る限り、貴方は身分の高い方のご子息だとお見受けいたします」

俺はコクリと頷いて、かぶっていた帽子をとる。

「僕はフィル・グレスハート。グレスハート王国の第三王子です」

「ぐ、ぐぐ、グレスハート王国の第三王子⁉　嘘だろ。王子が何だってあんなところに⁉」

ゾフィは音を立てて立ち上がり、俺を指差す。

すると、カイルがその指を掴んで下ろし、彼女を再び座らせた。

「それは、従者である俺も悩みの種だ。普段はのんびり屋なのに、困っている人がいると率先して動く方で……」

そう言いながら、チラリとこちらを見る。

俺がその視線から目を逸らすと、窃盗団の少年たちがひそひそと話しているのが見えた。

「あの子、王子様なのか？」

「そういや、グレスハート王国の王子様たちが、今この街に滞在しているとは聞いたが……」

「いやいや。普通の王子様は、窃盗団に直《じか》に話しに来ないだろう」

「だけど、グレスハートのフィル殿下は聖なる髪色の持ち主だって、目撃した奴らが話してたぜ」

「じゃあ……本当に？」

彼らは信じられないという顔で、俺へ視線を向ける。

…………うん！　皆の視線が痛い！

そりゃあ、ちょっとばかり皆の王子様像とは違っているかもしれないけど。

アルフォンス兄さんだって、多分自分で解決しちゃう方だと思うよ？　ルーゼリア王女だってトラブルがあったら、率先して向かっていくタイプだ。きっと俺だけじゃないはずなのに……。

「つまり、王子だから色々な情報網を持っているってことか」

ゾフィはブツブツと呟いて、一人で納得している。

本当はラピートたちに聞いたんだけど、勘違いさせたままにしておこう。

俺はひとつ咳払いをして、それから微笑む。

「まぁ、そんなところ。それで……僕のこと信用してくれた？」

トレヴィスたちはぎこちなく頷く。だが、その顔はまだ不安そうだった。

「初めに言っていましたよね。僕たちがどれだけの真実を知った上で、指輪を取引しようとしているのかって。真実って何ですか？」

彼らの表情を見逃さないよう、俺はじっと見据えて言う。

「君たちはその指輪の持ち主が誰か、知ってる？」

その問いに、ゾフィは困惑気味に眉を寄せた。

「持ち主って……女剣士だろ？」

「もしかして身分の高い方の指輪なんですか？」

震える声で、トレヴィスが聞く。

その様子から、彼らが嘘をついているようには見えなかった。

やはり知らなかったんだ。

少し話しただけでも、彼らの性格はわかる。

王族の指輪を盗むなんて、そんな大それたことができるはずがない。

「指輪の持ち主は、誰なんですか？」

固唾《かたず》を呑むトレヴィスを、俺は見つめ返す。

「コルトフィア王国、ルーゼリア王女殿下だよ」

それを聞いたゾフィたちは、呆然とした表情のまま固まった。

ある程度の心構えはしていたつもりでも、予想を上回る相手に衝撃を受け、頭の中が真っ白になってしまったらしい。

「そ……そんな。……ってことは、アタシたち……」

ゾフィが何を言いたいのかがわかって、俺はゆっくりと頷いた。

「君たちは王族の指輪を盗んだってことになる」

それが冗談だと言えたら、どんなに良かっただろうか。

人の物を盗むこと自体、とても罪深い行為だ。そして、それが王族の宝飾品となると、さらに罪が重くなる。

相手が身分の高い王族だから、という理由だけではない。

戦争や災害で国が困窮《こんきゅう》した際、王族の宝飾品は国民の救済に使われることがあるからだ。

実際、王冠の宝石を売って、国を立て直したなんて話も聞く。

ルーゼリア王女の指輪はそういった類《たぐい》の宝飾品ではないだろうけど、同じくらい貴重な品だ。

それを盗んで捕まれば、当然重い処罰が下される。

「あ……アタシら……何も知らなくて……」

ゾフィは唇の震えで、上手く言葉が出てこないみたいだった。

そんな彼女を庇い、トレヴィスや後ろに立っていた少年たちが頭を下げる。

「フィル殿下、どうかお許しください！」

「怪しい取引だとわかっていても、仲間を助けるには応じるしかなかったんです！」

「人質がいるから、衛兵に助けを求めることもできなくて……」

少年たちは涙声で、言葉を詰まらせる。恐怖に震えているその姿は、気の毒なほどだ。

アリスやカイルも不安げに、俺の返事を待っていた。

俺はひとつ息を吐いて、優しく微笑む。

「わかってる。君たちの気持ちや状況は、ルーゼリア王女殿下にちゃんとお伝えするつもりだよ。僕も話を聞いた以上は、人質のことも、君たちのことも力になれればと思っている。安心して」

そう言うとアリスとカイルは安堵し、ゾフィたちは深く頭を下げる。

「ありがとうございます」

フォロン猿のラピートとバンディも跳んで喜び、俺の胸に抱きついた。

可愛らしさに思わずラピートたちの頭を撫でたが、二匹の行動に焦ったのはゾフィだ。

【ありがとう！】

「ラピート、バンディ！　お、おお、王子様にっ!!」

「構わないよ。……それよりルーゼリア王女殿下の指輪は、ゾフィが持っているの？」

「あ……はい。今夜の取引に持って行くつもりだったので、アタシが……」

言いながら彼女は、首にかかっていた紐《ひも》を引っ張る。その紐の先には、小さな巾着《きんちゃく》が結びつけられていた。

「この中に入っています」

巾着の中から折りたたまれた白い布を取り出し、俺へ差し出す。

布を開くと、花をモチーフにした可愛らしい指輪があった。

俺はランプの光に当てながら、細部を観察する。ダリルのところで見せてもらった、指輪のイラストと同じモチーフだ。

「実際に目にすると、可愛らしいのにどこか気品がありますね」

横にいたアリスが、俺の手の中にある指輪を見つめて息を吐く。

「うん。この花の細工の精巧《せいこう》さは、並の技術じゃないね。内側にも細かい模様が彫《ほ》られていて……って、違う」

俺が目を凝《こ》らしていると、カイルも横から指輪を覗き込む。

「何が違うんですか？　本物なんですよね？」

カイルの言葉に、ゾフィたちはブンブンと大きく首を横に振った。

「アタシたちは指輪をすり替えてなんかないですよ！」

「俺たちも指一本触れてないです！」

そんな彼らに、俺は違う違うと言って笑う。

「そうじゃなくって、模様に似せた文字が彫られているんだよ。ルーゼリア王女の名前かな？　いや、名前だけにしては文字が多いか。ランプの明かりじゃ読みにくいな。……コハク」

俺は光鶏のコハクを呼び出す。

テーブルの上に姿を現したコハクは、俺を見上げて嬉しげにパタパタと翼を動かした。

【フィル！】

そして周りにいるゾフィたちや、俺にしがみついているラピートたちに向かって、片羽根を挙げて「ヨッ！」と挨拶をした。

コハクは新しい人間や動物たちを見ても、全然物怖《ものお》じしないなぁ。いつも元気いっぱいだ。

興味深げに周りを見回しているコハクの姿に、思わずクスッと笑う。

「コハク、指輪がよく見えるように明るくしてもらえる？」

【りょーかいっ！】

コハクは張り切ってその場で何度か屈伸《くっしん》すると、徐々に体を発光させていった。

明るくなったことで、文字の形がよりはっきりと見える。

「これは古代語……ですか？」

自信なさげに聞くカイルに、コクリと頷く。

「みたいだね。えっと……『可憐な花、キュリステン、心清き、ヴィノの守り子』……か。キュリステンはルーゼリア王女殿下の印だから、間違いなくルーゼリア王女の指輪だね」

こんなに精巧な偽物はあり得ないだろうけど、本物だとわかって安心した。

俺もゾフィたちもホッと胸をなで下ろす。

そんな中、アリスは口元に手を当てて何やら考え込んでいた。不思議に思って、俺は声をかける。

「アリス、どうかしたの？」

「あ……いえ、その。ヴィノ村のメンデルさんに、編み物を教わっている時に聞いた話なんですけど……。コルトフィアの成人の儀式では、自分が普段身につけているものを持参するそうなんです。何でも、それを持っていると、成人後も強い加護が受けられるのだとか」

成人の儀式？　あぁ、そう言えば以前ルーゼリア王女から、コルトフィアでは森の神殿で成人の儀式を行うことで、一人前だと認めてもらえると聞いたことがある。

ただ、儀式の内容については聞いていなかった。

「へぇ、そうなんだね」

俺が相槌を打つと、アリスはさらに言葉を続ける。

「身につけているものならば何でもいいそうですが、古代語で守りの言葉が記されているものだと、特に効力が強くなると言われているらしいです」

アリスの話に、トレヴィスが遠慮がちに発言する。

「確かにそういう風習があります。今は古代語がわかる者が少なくなってきたので、上流階級の方々しか守りの言葉を入れなくなっていますけど」

「じゃあ、これって成人の儀式用の指輪でもあるんだね」

それほど大事なものならば、ルーゼリア王女があんなに落ち込んでいたのもわかる。

「フィル様、儀式用の指輪だということは、取引相手の目的に何か関係しているのでしょうか？」

アリスに聞かれて、俺は首を傾げて唸る。コハクはそれを真似て、一緒に首を傾げていた。

「関係か。もし、あるとするなら、ルーゼリア王女に成人の儀式を受けさせたくないってことだけど……」

「しかし、儀式に持参する品は本来何でもいいのですから、別のものを用意したら解決すると思いますが」

そう。カイルの言う通りだ。

「ただ、別のものを用意しても、それには古代語の守りは刻まれていないんだよね。新しく職人に言葉を刻んでもらうとしても、きっと時間がかかる。中止は無理でも、儀式を遅らせることはできるんじゃないかな」

「遅らせたからって、たかだか一年くらい。何か変わるのかねぇ」

皆目《かいもく》見当がつかない様子で独り言を呟いているゾフィを、トレヴィスが小声で窘める。

「変わるに決まってるだろ。グレスハートの皇太子殿下とのご婚姻も遅れるってことじゃないか。フィル殿下の前でそんなことを言うなんて……」

「あ！　……申し訳ありません」

弟に怒られて、ゾフィはやっちゃったという顔で肩を縮こまらせる。

「気にしないで。指輪がここにあるってことは、それを回避できたってことだから」

俺は指輪を丁寧に布で包み直して、胸ポケットに入れる。

そんな俺に、カイルが言いづらそうに口を開いた。

「あの……確かステアの街でルーゼリア王女殿下と初めてお会いしたとき、兄上方が反対なさっているというようなことを仰っていましたよね」

あぁ、シスコンのお兄さんが三人いるんだっけか。

成人の儀式を行わないと、嫁には行かせないと…………。

「まさか、取引相手は兄上方……じゃないですよね？」

カイルが真剣な顔を近づけてくるので、俺は少し身を引きながら口元を引きつらせる。

「……まさかぁ」

確かに、お兄さんならルーゼリア王女に近しく、指輪をどう持ち運ぶかを知っている可能性が高い。なおかつ、ばっちり動機もある。

だけど、もしそうだとしたら、だいぶシスコンをこじらせてるぞ。

うちの兄も重度のブラコンだが、犯罪はやってないもんな。……多分。きっと。

「ゾフィは唯一、取引相手と何度か直接会っているんだよね？　どんな特徴の人だった？」

俺が尋ねると、ゾフィは眉根を寄せて思い出す仕草をする。

「えぇっと、顔は仮面で覆っていたのでわかりませんが、体つきは何だかひょろっとしていました。精鋭部隊の頭《かしら》にしては弱そうだなぁと思ったので」

「会っているのはいつも同じ人？」

「はい。そうだと思います。服装はいつも黒っぽくて地味め。旅人用のマントを着用していました。でも、全体的に汚れひとつなく清潔だったので、平民じゃないと思います。動作も優雅で、口調もゆったりとしていましたし」

「上流階級の人間ってことか……」

うぅむ。一人というのは気になるが、お兄さん犯人説を否定するには弱い。

俺が考え込んでいると、突然ゾフィがハッと息を呑んだ。

「そうだ！　最後に会った時、いい香りがしました！　お香の香り！」

「お香？　どんな？」

新たな手がかりである。香りはなかなか取れないことがあるからな。

身を乗り出した俺に、ゾフィは頭を掻きながらもごもごと話す。

「それが……嗅いだことがないお香の匂いなんです。ルステームの匂いにも似てるけど、色々混ざってて……」

俺とカイルとアリスは、目を大きく見開いて叫んだ。

「「「ルステーム⁉」」」

ルステームのお香っていえば、バルサさんたちと一緒に作ったやつだよな。

ステア王国からコルトフィア王国に入国する際、リガールという鳥が通行人や馬車を襲うという理由で、通行許可が下りなかった。

そこで双子の薬師として有名なヒルデさんとバルサさんを訪ね、リガールの気持ちを鎮《しず》めるというお香を作ってもらったのだ。そのお香の主な材料となる植物が、ルステームだった。

あれはリガール対策用の特別な配合で、普通のお香にルステームが使われることはない。

「本当にルステームの匂いだったのか？」

念を押すカイルに、ゾフィは戸惑いつつも頷いた。

「は、はい。アタシ、鼻が利《き》くんですよ。その男からお香の匂いがしたのは最後に会った一回だけだったけど、確かにルステームに似た香りでした。……って、あれ？　この小屋も微かにその匂いがする」

突然スンスンと鼻を動かし始めたゾフィは、ふらっと歩き出して小屋の隅《すみ》へと吸い寄せられる。

そこには、長方形の大きな箱が置いてあった。

あれは確か、使用頻度の少ない小物を入れている箱である。

「ね、姉さん？　どうしたの？」

トレヴィスが声をかけるが、ゾフィにはまるで聞こえていないみたいだった。

彼女はその箱の前にしゃがみ込むと、何やら錠前をカチャカチャと触る。

一分も経たずに錠前をはずし、ゾフィは箱の蓋を開けた。

「ゾフィ姉さん!?」

姉の思わぬ行動に、トレヴィスはぎょっとする。

「ほぉ、随分と手際《てぎわ》がいいな？」

カイルに視線を向けられて、トレヴィスたち疾風の窃盗団のメンバーはブンブンと首を横に振った。

「いえいえ、さすがに家に盗みに入ったりはしていませんよ！」

「地下水路の扉が施錠されていることがあるので、それで上手くなっただけですから」

「もう！　ゾフィ姉さん、何してるんだよ！」

トレヴィスがゾフィの肩を掴むと、箱から香炉を取り出していたゾフィは無邪気に笑う。

「あ、悪い悪い。同じ匂いがしたから、気になっちゃってさ。でも、これ見つけたぞ」

すっきりした顔で戻って来た彼女は、テーブルの真ん中に香炉を置く。

その動作で、ふわりとルステームのお香の香りが流れてきた。

この香炉は、リガールの森を通る際、馬車に取り付けられていたものだ。

他のものはここに来るまでに洗ったり掃除したりで匂いが消えたのだろうが、焚《た》きしめていた香炉に染みついた匂いは消えなかったらしい。

しかし、こうして目の前に香炉を持ってこないとわからないほどの香りだ。ゾフィの嗅覚《きゅうかく》は相当優れているんだな。

「本当に鼻がいいんだね」

俺が感心すると、ゾフィは少し照れて鼻を擦《こす》る。

「よく嗅いでた匂いだからですかねぇ。コイツらが食べ盛りなもんで、時々街の外に行って野草や果物を採って食料の足しにしてるんです。ルステームもその食材のひとつなんで」

「ルステームって、食べられるんですか？　この前ルステームを見た時は、実もないし、茎とか硬くて食べられそうもありませんでしたけど……」

アリスの言う通り、俺たちが見たルステームは枯れた薄《すすき》のような姿の植物で、とても食用とは思えなかった。

「今の時期はそうですね。でも、春頃の新芽は蒸し焼きにして食べられるんです」

「蒸したら、根菜みたいにホクホクするんですよ」

「何もつけなくても甘くて美味しいんです」

後ろに控えていた少年たちも、ルステームの美味しさを力説する。

「へぇ。ルステームの新芽はそんなに美味しいんだ？」

興味を示した俺に、トレヴィスは苦笑する。

「知る人ぞ知るって感じですかね。崖《がけ》に生えているんで、いくら美味しくてもわざわざ危険を冒《おか》して食べる人はいませんから」

「その点、アタシらはラピートとバンディがいるんで」

ニッと微笑むゾフィに、ラピートたちは得意げに胸を張る。

【身軽な俺たちにとったら、簡単なことだけどな！】

なるほど。フォロン猿のラピートたちなら、採取もお手のものだろう。

「それで、さっきの話に戻るが、匂いがしたのは一回だけだと言ったな。それはいつのことだ？」

カイルの問いに、ゾフィはしばし考えて答える。

「四日前ですね。女剣士……じゃなくて、ルーゼリア王女様がサルベールに来ることを、その時に聞かされたんです。今考えてみれば、いつも余裕ありげだったのに、少し焦ってるっぽかったなぁ」

ゾフィは神妙な顔で、腕組みをする。

俺たちはコルトフィアに入国する前、作ったお香を国境の衛兵に分けてあげた。俺たちの後の人たちも、安全に通行できるように。

「四日前なら、やっぱり取引相手の纏《まと》っていたお香は、僕たちの作ったものだよね。僕たちの後から国境を越えた人の中に、取引相手がいたってことかな」

俺がアリスとカイルに同意を求めると、彼らは真剣な表情で頷く。

「その可能性が高いですね。俺たちは途中、ピレッドやヴィノ村に滞在していましたから、その間に追い抜くことは可能でしょう」

「ステア側の国境の記録を調べれば、わかるんじゃないですか？」

アリスの提案に、俺は低く唸った。

「取引相手と会うのは今夜だからね。さすがのルリでも、往復を考えたら間に合わないよ。テンガも国境を通った時に召喚していなかったから、場所を覚えていないだろうしなぁ。ん～何者であるかわかっていたほうが、こっちも対策が立てられるんだけど……」

俺が考え込んでいると、ふいに小屋の扉が音を立てて開いた。

現れたのはアルフォンス兄さんだ。その後ろにはルーゼリア王女やリアナさんやダリル、リックとエリオットの姿が見える。

俺は考えるのを中断して、アルフォンス兄さんへと駆け寄った。

「アルフォンス兄さま、お待ちしておりました」

「ここに来る途中で、リックとエリオットに会ってね。フィルたちの得た情報を聞いたよ」

「そうですか。それは助かりました」

説明の時間が短くてすむ。

「リックとエリオットも無事だったんだね」

衛兵のあの姿を見ているから心配していたけど、二人の目は充血していない。どうやら、煙玉などの被害は受けなかったようだ。

「我々が向かった時には、すでに窃盗団と衛兵がやり合っていて、煙が充満していました。直接の被害はなかったものの、視界が悪く退路を断たれたため別の出入り口から出ることにしたんです」

「別の出入り口を探すのが大変でしたよ。それで、この者たちは？」

リックは興味深げに、俺の後ろに視線を向ける。

「あの後、重要な情報を手に入れることができてね。彼らは協力してくれたんだ」

紹介しようと俺が振り返ると、ゾフィたちはいつの間にか部屋の隅に移動していた。

「あ、アタシたち……」

怖がってなおも部屋の隅に逃げようとするゾフィたちに、俺は微笑んで手招きする。

「大丈夫。ルーゼリア王女殿下とアルフォンス兄さまも、優しい人たちだから」

「フィル。彼らはいったい誰なんだい？」

アルフォンス兄さんに小首を傾げて尋ねられ、俺は少し躊躇《ためら》う。

「えっと、あとでちゃんと説明するので、落ち着いて聞いていただきたいんですけど……」

俺はそう前置きしてから、一呼吸置いて告白する。

「彼らは疾風の窃盗団です」

「し……疾風の窃盗団⁉」

リックやエリオットだけでなく、リアナさんやルーゼリア王女も愕然《がくぜん》とする。

俺は慌てて彼らの事情や、取引相手のこと、その手がかりについての情報を話した。

「つまり、改心したということかい？」

アルフォンス兄さんは確かめるように言い、俺はしっかりと頷く。

「彼らも反省し、僕たちに協力してくれるそうです。その証拠にルーゼリア王女殿下の指輪は、ちゃんと返してもらいました」

俺は胸ポケットに入れた包みを取り出し、ルーゼリア王女へ差し出す。

中の指輪を見て、ルーゼリア王女の顔がパァッと輝いた。

大事そうに自分の指に指輪をはめた彼女は、涙を浮かべて俺の手を握る。

「ありがとうございます！　フィル殿下！　何とお礼を言っていいか！」

「とんでもないです。見つけることができて、僕も本当に嬉しいです。良かったですね」

俺が微笑むと、ルーゼリア王女は何度もコクコクと頷く。

そんなルーゼリア王女の隣で、リアナさんはゾフィたちを睨んでいた。

部屋の隅に固まっていたゾフィたちは、さらに身を竦《すく》ませる。

「リアナ。そんなに睨んだら可哀想だろう」

ルーゼリア王女が困った顔で言うが、リアナさんの怒りは収まらないようだ。

「ルーゼリア様の大切な指輪を盗んだのですよ。許すことはできません」

「罪は罪だが、彼らも生活のため、仲間を守るために仕方なかったのだろう。孤児たちに目を配りきれなかったのは、我らコルトフィア王家の責任でもある。私は指輪が戻って来てくれただけで、とても嬉しい」

ルーゼリア王女は穏やかな顔で指輪に触れる。

「指輪は無事に戻ってきました。ですが、解決しなければいけない問題は残されています」

俺が言うと、アルフォンス兄さんは顎に手を当てて呟いた。

「取引相手のことだね」

「はい。国境の記録を見れば、相手を絞れると思うんですけど」

肩を落とした俺の頭を撫でて、アルフォンス兄さんが笑う。

「いや、充分だ。私には何となく、黒幕がわかったよ」

「え！　国境の記録を見てないのにですか？」

「どうやってですか？　アルフォンス先輩」

驚く俺やルーゼリア王女に、アルフォンス兄さんは悠然《ゆうぜん》と微笑んだ。

「まず私たちがどこで追い抜かれたのかを考えてみよう。国境からピレッドに至るまで、私たちを追い抜く者はいなかった。またピレッドに滞在している間は領主の動向を窺うため、兵士に街に出入りする者や王都へ向かう者も調べさせていたが、該当するような人間の報告は受けていない」

「となると、国境からピレッド間の可能性は消えますね」

カイルの言葉に、アルフォンス兄さんは頷く。

「次に考えられる地点は、ヴィノ村だ」

「山越えですね。ステア側の国境からコルトフィアに向かうには、必ずヴィノ村のある山を越えなくてはならないですから」

そう答えた俺に、アルフォンス兄さんは正解とばかりに頭を撫でる。

「ここでポイントになるのは、ピレッド側からの山道は険しく、大抵の者はヴィノの村で休憩や宿泊をするという点だ」

その時、ルーゼリア王女がすかさず手を挙げた。

「わかりました！　ヴィノ村に滞在していた者たちを調べれば良いのですね！」

はりきって答えた婚約者に、アルフォンス兄さんは笑みをこぼす。

「残念。滞在中、村にいた人物に関しては、エリオットたちがすでに確認済みだ。怪しい者はいなかった」

ヴィノ村にはボルケノと戦った日も含めて、四日間いた。村自体は狭かったし、もしおかしな人物がいたなら俺もカイルも気づいたはずだ。

「……そうですか」

答えが違うとわかり、ルーゼリア王女はシュンと落ち込む。

アルフォンス兄さんはそんな彼女の頭をポンポンと叩いて、優しく微笑んだ。

それだけで、ルーゼリア王女の表情が花のように綻《ほころ》ぶ。

「私が注目したのは滞在者ではなく、村に滞在せずに向かった者たちだ」

そう言われて俺が思い浮かべたのは、クリティア聖教会の討伐隊だった。

俺がピクニックに行っていた日だったから実際には見ていないが、アルフォンス兄さんから、クリティア聖教会の人たちがボルケノ討伐のために、ヴィノ村に滞在せず山を下ったと聞いている。

「まさか……クリティア聖教会の中に、取引相手がいるなんて言わないですよね？」

俺がおそるおそる顔を窺うと、アルフォンス兄さんは笑って首を横に振る。

「ボルケノ討伐を任されている彼らに、サルベールへ向かう余裕はないよ」

「では、他にも山を下った人がいたんですか？」

「ああ。クリティア聖教会が通ってしばらく経った後、七頭の馬が村を駆け抜けていった。彼らは身なりこそ平民だったけれど、きっと王族か上級貴族の関係者だ。ヴィノ村出発以降は我々を追い抜く者はいなかったし、おそらく彼らで間違いないと思う」

「どうして王族か上級貴族の関係者だとわかるんですか？」

先ほどまで頭を撫でられていたルーゼリア王女は、努めて真面目な顔に戻しながら尋ねる。

「たとえ見た目を変えたとしても、馬の質までは誤魔化せるものじゃない。きつい山道を登ってきたにもかかわらず、休憩を取らずに駆け抜けていった。それほど持久力に優れた馬を七頭も所有できる者など、王族か力のある上級貴族くらいだよ」

アルフォンス兄さんの分析に、俺たちは「なるほど」とため息に近い声をもらす。

ゾフィなど先ほどからポカンと口を開けたままだ。

確かに、一般の人が名馬を七頭も所有できないよねぇ。

クリティア聖教会の討伐隊の馬も、同じように持久力や速さに優れた特別な馬たちだ。

ただ、その馬たちを多く所有できるのは、クリティア聖教会が大国と同等の力を持つ大きな教団だからである。

「王族か上級貴族だってことはわかりました。それでアルフォンス兄さまは、その人が誰かわかっているんですよね？」

今の情報だけでは、人物の特定までは難しいと思うんだけど……。

俺が小首を傾げて尋ねると、アルフォンス兄さんは小さくため息をつく。

「まだ証拠があるわけではないから、ここからは私の推測でしかない。……なぜ指輪を手に入れようとしているのか。やはりフィルたちが想像した通り、私たちの婚姻を阻《はば》むのが目的だと思う。良くない噂に関しても、広がり方の範囲と速度から考えて、その人物によるものだろう」

確かに噂は王都から遠く離れた街のピレッドまで届いていた。根も葉もない噂にしては、広がり方に誰かの作為を感じる。

「私には思い当たる人物が一人いる」

アルフォンス兄さんの言葉に、皆がゴクリと喉を鳴らす。

だが、その答えが出される前に、リアナさんがポツリと呟いた。

「もしかして、ジョルジオ様……？」

その名前を聞いたリックとエリオットは息を呑み、ルーゼリア王女は目を見開く。

「そうか。ジョルジオ殿下」

「可能性はありますね」

「え、ジョルジオが犯人なの？」

ジョルジオ殿下？　……誰？

彼ら以外の全員がキョトンとしていると、それに気がついたリアナさんが教えてくれた。

「ジョルジオ様は、バスティア王国の第一王子です」

バスティア王国の……皇太子？

バスティア王国と言えば、コルトフィアの隣に位置している大きな国だ。

確か何代か前のコルトフィア国王の妹がバスティアの妃《きさき》となったため、コルトフィア王家とは親戚関係にあるんだよな。

「コルトフィアとバスティアは昔から交流がありまして、両国の関係も良好だったことから、姫様とジョルジオ様のご婚約のお話が出たこともございます。しかし、ルーゼリア様が……」

リアナさんがチラッとルーゼリア王女を見ると、彼女は微かに眉を寄せる。

「ジョルジオのことが嫌いなわけではないが、兄弟としか思えない」

「……と仰られ、結局話がたち消えたのです」

王族ともなれば、政略結婚を強《し》いられることもある。むしろ恋愛結婚など珍しい。

コルトフィア国王は気の弱い方だって聞いたけど、ルーゼリア王女の気持ちを尊重してくれたのか。

「その後、ルーゼリア様はステア留学中にアルフォンス殿下と出会い、お二人のお気持ちを汲《く》んだ国王陛下が、ご婚約を許可なさったのです」

「つまり、お二人はお互いに恋をされてのご婚約になるんですか？　留学中にそんなお相手と出会われるなんて素敵ですね」

アリスが感嘆の息を吐くと、リアナさんは困り顔で笑う。

「お二人が出会えたことは、大変喜ばしいことです。ただ、その出会いはアリスさんが思い描いているような、甘い運命的なものではありませんよ」

「違うんですか？」

目を瞬かせるアリスに、リアナさんは頷く。

「あの頃、ルーゼリア様は優秀なアルフォンス殿下の噂を聞き、武術、学問、工作、編み物などどなど、様々な試合を殿下に挑んでおられました」

……何、その道場破り的な出会い。

いや、こうと思ったら一直線のルーゼリア王女らしいと言えば、らしいけど。

「若気《わかげ》の至りというか……。噂のアルフォンス先輩がどれだけすごいのか、ぜひお手合わせをしてみたく……。あの頃は、本当にご迷惑をおかけいたしました……」

頭を垂れて落ち込むルーゼリア王女に、アルフォンス兄さんは微笑む。

「迷惑じゃなかったよ。次はどんな戦いを挑んでくるのか、いつも楽しみにしていたくらいだ」

その笑顔に頬を染めるルーゼリア王女を、リアナさんがツアーガイドのように手のひらで示す。

「全て負けた結果がこちらです」

指し示されたルーゼリア王女は、恥ずかしそうに緩んだ顔をキリリと整える。

「だって、武術や学問どころか、編み物まで職人並みで、本当に敵わないって思ったんだ」

「あの頃は、たまたま編み物にはまっていたからね。編み物を覚える前だったら負けていたよ」

「でも、結果として勝ちましたから、アルフォンス先輩はすごいんです」

ルーゼリア王女は尊敬の眼差しで、アルフォンス兄さんを見つめていた。

編み物にはまった原因って、もしかして……俺？

アルフォンス兄さんがステアから帰国する度、手作りの編みぐるみがどんどん増えていったんだよなぁ。

知らぬ間に、ブラコンが役に立っていたとは……。

「私もルーちゃんのまっすぐさに惹《ひ》かれてね。父上を介して、婚約したわけなんだけど……」

「それを聞いて、ジョルジオ殿下がステア王立学校に乗り込んできたんですよね」

エリオットが言い、リックが腕組みして唸る。

「決闘を申し込まれた時には、どうしようかと思いました」

そりゃあ、そうだよな。大国バスティアと小国グレスハート。今でこそ同盟国も増え、俺の開発商品の売れ行きも好調で、他国から一目置かれるようになった。

だけど、昔は豊かではあるが小さな大陸の、小さな農業国だったもんな。

アルフォンス兄さんが、ジョルジオ殿下に怪我《けが》でもさせたらどんなことになるか……。

「決闘はされたのですか？」

カイルが緊張した面持ちで尋ねると、アルフォンス兄さんは苦笑する。

「結局していないよ。決闘を受ける前に、ルーちゃんが倒しちゃったんだ」

おぅ……バイオレンス。

俺がルーゼリア王女を見上げると、彼女はブンブンと首を横に振った。

「誤解されるようなことを言わないでください。『たとえアルフォンス先輩を倒そうとも、ジョルジオと婚姻するつもりはない』って断ったら、彼が膝から崩れ落ちただけです」

すると、端にいたダリルが、両手で顔を覆った。そしてまたいつもの癖である、心の中の言葉を呟き始める。

「それは……それは辛い。好きな人から言われたくない言葉一位だ。リアナさんに言われたら、私も絶対地面に突っ伏してしまう。どうしよう。ジョルジオ殿下が犯人だとしたら、人質を盾にして脅す悪い人なのに同情してしまいそうだ。なぜなら、永遠に結ばれないと知って傷ついた男の気持ちが痛いほどわかるからぁぁ」

ダリルの苦悩が深い。

リアナさんに対する身分違いの恋。さらに、片思いだもんなぁ。

これほどわかりやすいダリルの独り言を聞いても、リアナさんにまったく気づかれていないのが、これまた悲しい。

そんなダリルの苦悩をよそに、会話は進む。

ルーゼリア王女は真剣な顔で、アルフォンス兄さんを見つめた。

「アルフォンス先輩。本当にジョルジオが取引相手なのでしょうか？　あの事件の後、ステアで騒ぎを起こしたため、ジョルジオはバスティア国王のお叱《しか》りを受けました。それ以来、私と会っても婚約について口にしません」

アルフォンス兄さんはしばし考えたのち、ひとつ息を吐く。

「口にしないのは、諦めたからかそうではないのか……。他にも彼だと思う点があるのだけど、それは今夜の取引で証拠を掴んでからにしよう。ゾフィ、君たちも協力してくれるかい？」

部屋の片隅で俺たちの話を聞いていたゾフィは緊張しつつも、コクリと頷いた。

# 6

取引が行われる夜、俺たちはサルベールの街外れにある丘に向かっていた。

メンバーはゾフィたち数人の窃盗団、アルフォンス兄さんと俺とカイル、リックとエリオットとリアナさんだ。

ルーゼリア王女とアリスとダリルは宿で、体の弱いトレヴィスと年齢の若い窃盗団は倉庫で待機している。

「それにしても、アルフォンス兄さまはフードをかぶっていても目立つよねぇ」

窃盗団たちの一番後ろを歩きながら、前方にいるアルフォンス兄さんを見つめる。

歩く仕草が格好良すぎるのかなぁ。

着ているフード付きマントは薄汚れた茶色なのに、映画俳優のようなオーラを放っている。

「その隣にいるリックとエリオットも、窃盗団にしては体格がいいよね」

アルフォンス兄さんの近衛兵は、精鋭部隊の一員。

彼らだってあの薄いマントで、剣士のオーラを隠せているかは微妙である。

そんな心配をしていると、カイルがチラリと俺を見下ろす。

「それを言ったら、フィル様だって別の意味で目立ってますよ。窃盗団がいくら少年たちと言っても、フィル様ほど幼い者はいません。出てくる前、アリスに『フード姿が可愛い』って言われたことを忘れたんですか」

「う……」

それは覚えている。思わずこぼれた言葉らしかったから、余計にショックだった。

「でも、僕みたいな外見だからこそ相手が油断するんだよ。僕にはヒスイたちもいるし、鉱石も使えるからね。人数の少なさを補わないと」

当初、アルフォンス兄さんは俺とカイルも、待機組にと考えていた。

しかし、これから行われるのは、衛兵に追われている窃盗団と、一国の王子である可能性がある人物との取引。

今の時点では、衛兵に手伝ってもらうことはできない。だから、俺は手を挙げたのだった。

サポートの仕方はいろいろある。役に立てるよう頑張ろう。

気合を入れ直していると、建物が見えてくる。

雲間から見える月明かりと、建物入り口にあるランプの灯りが、石造りの洋館を怪しく照らす。

建物には蔦《つた》が絡まり、石壁が一部崩れていた。人に使われなくなって、相当経っているみたいだ。

だけど、建物の装飾や、周りに置かれた石像は凝《こ》っているな。

誰か名のある人が所有していたのだろうか？

そんなことを考えていると、俺の肩をカイルが軽く叩いた。

振り返れば、難しい顔で後ろを指差している。

そちらを見ると、木に隠れながら近づいてくる二つの人影があった。

月明かりに照らされて見えたその顔は……。

「え、もしかしてルーゼ……もがっ」

名前を言おうとした口は、慌てて駆け寄ってきたルーゼリア王女の手により塞《ふさ》がれた。

息を切らして後から来たのは、まさかのダリルである。

俺は口を塞ぐ手を剥《は》がし、小声で尋ねる。

「どうしてここに？」

「私は当事者ですよ。黙って待つことなんてできません。黒幕が本当にジョルジオなのか、確かめねば」

小声ではあったが、闘志みなぎる瞳をしていた。

そうだった。ルーゼリア王女は、自らボルケノを倒しに行こうとしていた人だった。

大人しく宿で待つなんてことはしないよなぁ。

「場所をお教えしていなかったはずですが、なぜここがわかったんですか？」

呆れつつもカイルが尋ねると、ルーゼリア王女はちょっと得意げに言う。

「相手がジョルジオかもしれないと言っていたので、バスティアと縁のある廃墟までダリルさんに案内を頼んだのです」

ダリルは頷き、説明を引き継ぐ。

「この街は観光地なので、バスティア王国の方が所有する建物がいくつかあります。ただ、窃盗団が出入りできる場所となると、今は使われていない建物でしょう。あそこに見える建物は、バスティア王国へ嫁いだコルトフィアの王女様の別邸ですが、何十年と使用されず、今は廃墟となっております。王族の方の住まいは、我々街の者も近づくことはありませんので、あの建物だと思いました」

そうか、その王女はジョルジオ殿下の先祖。他人の目もなく、自由に利用できる場所なわけだ。

「ダリルさんに頼んで正解でした」

ニコニコと微笑むルーゼリア王女とは対照的に、憂鬱そうなのはダリルである。

「ルーゼリア王女様の勢いと、リアナさんが心配で案内を引き受けたけど……。これは絶対まずかったよなぁ」

そう言って、両手で顔を覆いながら体を前後に揺する。

あぁ、来てから気がついちゃったんだ。

「ダリルさんは充分な働きをしてくださいました。あとは私だけで参りますか……あ」

胸を叩いたルーゼリア王女は、ある一点を見つめて固まった。

すでに建物に到着していた先頭集団が、こちらを見ていたからだ。

そりゃあ気づくよね。ダリルの動きがあまりにも不審すぎる。

ルーゼリア王女は慌てて、俺の体を盾にして隠れた。

とは言っても、身長の低い俺に百七十センチのルーゼリア王女が隠れられるわけがない。

その姿を見てリアナさんはガックリと頭を垂れ、アルフォンス兄さんはそんな彼女に何かを指示した。

頷いたリアナさんは、目立たぬように最後尾へとやってくる。それから俺に隠れたままのルーゼリア王女を睨み、小声で言った。

「宿で待っていてくださいと、言いましたよね?」

聞いただけで怒っているのがわかる声だ。

「り、リアナさ……も、申し訳……ありませ……」

情けない顔で謝るダリルに、リアナさんは優しく微笑む。

「ダリルさんはいいんですよ。どうせルーゼリア様に強引に頼まれたのでしょう?」

怒ってなさそうとわかり安堵するダリルに、リアナさんは苦笑した。

「正直に言えば、引き止めて欲しかったですけどね」

「ですよね～……」

そう呟いたダリルは、わかりやすいほどにガックリと肩を落とす。

リアナさんはルーゼリア王女をまっすぐに見つめる。

「アルフォンス殿下は推測と仰いましたが、確証に近いものをお持ちです。おそらくこれから向かう先には、ジョルジオ様がいらっしゃいますよ」

「アルフォンス先輩やリアナが、私のことを心配しているのはわかる。だが、ジョルジオは私の幼《おさな》馴《な》染《じみ》だ。こんなことをした原因が私にあるというなら……私は彼に会わないといけない」

俯きながらも、ルーゼリア王女の言葉には強さがあった。

リアナさんは厳しい表情を緩め、ため息をつく。

「わかりました。覚悟があってということなら、何も申しません。それに、ここまで来てしまいましたからね。今から引き返しても、相手方に怪しまれるだけでしょう」

そう言って、リアナさんはチラッと建物の方を振り返る。

そこではすでに、ゾフィが建物の入り口を守る見張りと話をしていた。

当初は、最後の取引もゾフィ一人で向かう予定だった。

仲間に危険が及ぶ可能性があったので、仕方なく相手に従うつもりだったらしい。

しかし、アルフォンス兄さんの指示で、今回は窃盗団に扮《ふん》する俺たちも中に入れてもらえるよう要求することにした。

おそらく要求は呑まれるだろうな。向こうには人質、こちらには指輪があるから、そういった意味では立場はイーブン。

あとは入れてもらえる人数だなぁ。

こちらの戦力を侮《あなど》っているみたいだけど、何人入れてもらえるのか……。

戻って来たゾフィが、俺たちを呼び集める。

「中へ入れる人数は、六人だってことです」

「さすがに全員は無理だったか」

アルフォンス兄さんは呟くと、皆を見回して言った。

「取引相手に会う者を選出する。今から指し示す者は前に」

指で示したメンバーは、ゾフィとアルフォンス兄さん、ルーゼリア王女とリアナさん、リックとエリオットだった。

……………あれ、俺とカイルのどちらも入っていない。

あ、ルーゼリア王女が飛び入りしたからか。

う〜む。彼女の気持ちを思えば、メンバー入りは当然。

でも、黒幕の顔が見たかったなぁ。何かあったら、隠れて援護する気満々だったのに。

眉を寄せていると、アルフォンス兄さんは俺の頭をポンと叩き、通り過ぎざまに囁く。

「外は頼んだよ」

そう言い残し、中から出てきた相手の案内役とともに、建物へと入っていった。

外は頼む。……外。なるほど、外からか。

俺は建物の入り口に立つ見張りの男たちを観察する。

先ほどの案内役の男は動きに隙がなかったが、見張りは体格がいいってだけだな。

俺たちがいるのに、こちらを気にした様子もない。

外に残ったのは少年ばかりだから、油断しているってことかもしれないけど……。

考えている俺の隣で、ダリルがホッと息を吐く。

「当たり前だけど、指を差されなくて良かったです。情けないですが剣術も体術も苦手なんで……って、あれ？　どうしました？」

ダリルの問いかけには答えず、俺はダリルと少年たちに小声で言う。

「僕がいいと言うまで、目を瞑っていてもらえる？　何があっても、絶対に目を開けちゃダメだからね」

皆キョトンとしていたが、真剣な俺の顔にコクリと頷いた。

全員目を瞑ったことを確認して、カイルを振り返る。

「カイル、僕らは外から攻略するよ」

カイルは小さく息を吐いて、頷いた。

「そう言うと思ってました。……キミー、キム、キキ、キリ、キオ」

カイルの呼びかけに、キミーたち闇の妖精が現れる。

【はぁい！　暗くすればいいのね。了解でーす！】

キミーが元気よく返事をした時、見張りの男たちがこちらへやって来た。

「お前ら、そこで何をコソコソしている！」

「おかしな真似をしたら、中の奴らがどうなるかわかってるんだろうな」

その怒声に、目を瞑っていた少年たちがビクッと体を震わせる。

「さぁ、全然わからないな。教えてよ」

小首を傾げた俺に、男たちの頬が引きつる。

「何だと……」

男たちが大股で歩いて来て、俺たちへ手を伸ばしたその瞬間。

【闇妖精の真っ暗攻撃～！】

可愛らしいキミーの声とともに、真っ黒な靄《もや》が男たちの顔を覆った。

男たちは手で顔の辺りを振り払うが、黒い靄には実体がない。振り払おうにも取り去ることはできなかった。

「くっ！　何だこれは。どうなって……」

「これでは何も見え……うわっ！」

俺とカイルの足払いに、見張り役二人がゴロンと転倒する。

「ヒスイ、お願い。この人たちを拘束《こうそく》して」

【かしこまりました】

召喚されたヒスイが、男たちを蔦で拘束する。

騒がれないためにか、口も細い蔦で覆われていた。青々としたヒゲのでき上がりだ。

モガモガと騒ごうとする彼らに、キミーが腰に手を当てて言う。

【またフィル様とカイルをいじめようとしたら、許さないんだからね！】

そんなキミーに、しっかり者のキリは呆れ顔だ。

【見えないどころか、こっちの声すら聞こえないんだから言っても無駄だろ】

【聞こえなくてもいいのよ。気持ちよ、気持ち。ねぇ、キムたちだってそう思うでしょ】

キミーが同意を求めると、キムだけが無言でコクリと頷いた。

甘えん坊のキキはカイルにぴったりとくっつき、のんびり屋のキオはカイルの肩に座って休んでいる。

普段は社交的なキミーだけしか出て来ないので、全員見るのは久々だけど……。

皆それぞれマイペースだなぁ。

「あ、あのぉ。まだ目は……開けちゃダメなんでしょうか？」

窃盗団の少年の一人であるシャルが、不安そうな声で言う。

ヒスイに姿を消してもらって、俺は皆に声をかける。

「ごめん、ごめん。もういいよ」

そっと目を開けた皆は、蔦でぐるぐる巻きになっている見張りを見てぎょっとした。

「な……ど……ぇぇぇぇ」

言葉が出ないダリルに代わり、シャルが俺に尋ねる。

「何がどうなってんですか」

俺はニコッと笑って、建物の入り口を指差した。

「そんなことよりも、ゾフィたちが向こうの気を引いている間に、人質を解放しなきゃ」

「俺たちは行くが、お前たちはどうする？」

カイルの問いかけに、シャルたちは迷いなく頷く。

「もちろん行きます。俺たちの仲間なんで」

それを聞いて、ダリルも胸を叩いた。

「私も行きます。皆さんが心配なのと同時に、ここに一人残されたら心細い！」

ダリル、正直だな。でも、気持ちはわかる。

ぐるぐる巻きとはいえ、見張りとこんな真っ暗な外で待機は嫌だよな。

「よし、行こう！」

俺はそう言って、建物へと駆け出した。


屋敷の扉の前に立ったカイルは、耳を当てて中の様子を窺った。

「近くには誰もいないようです」

「人質は地下にいるって話だったよね？」

俺が後ろにいる少年たちに尋ねると、全員が頷いた。

「ただ、今回は最後の取引なんで、場所を移動している可能性もありますけど……」

そう言って、シャルたちは不安そうに俯く。俺はシャルの肩に手を置いて微笑んだ。

「じゃあ、まずは中の様子を探ろう。コクヨウ、ランドウ」

俺は護衛のためのコクヨウと、姿を消す能力を持つランドウを召喚した。

空間の歪みから出てきたランドウを抱き上げて、真正面から見つめる。

「ランドウ。ヒスイと手分けして、館内の様子を調べてくれる？」

ランドウのもともとの棲処《すみか》は、迷宮と言われていた遺跡。そんなこともあって、ランドウは偵察が大の得意だ。

【ご褒美くれるか？　ふわふわパンケーキ！】

期待の眼差しで見上げるランドウに、俺は微笑んで頷く。

「姿をちゃんと消して行くんだよ。向こうにバレたら駄目だからね。約束できる？」

【バレっこないさ！　俺を誰だと思ってるんだ。ダンデラオー神の末裔《まつえい》だぞ！】

ランドウは自慢げに「ふふん」と顎《あご》を上げる。

その末裔が調子に乗る性格だから、心配しているのだが……。

確かに出会った頃より、消える能力が上達している。

自分の体くらいなら、長時間姿を消すのは完璧だ。だが、この性格ゆえにうっかりも多い。

大丈夫かな。でも、手分けしたほうが早いだろうし……。

そんなことを思っていると、カイルが身を屈めてランドウを間近で睨む。

「食べ物があっても、つまみ食いするなよ。絶対に」

ランドウとのそもそもの出会いは、パン泥棒の一件。

カイルとしては、ランドウのうっかりで俺に迷惑がかからないか心配らしい。

【案ずるな。万が一騒ぎになるようなことがあれば、我が駆けつけ鎮圧する。我は優しいからな。そうなった場合は、ランドウの分のふわふわパンケーキで手を打とう】

コクヨウが意地悪く笑う姿に、ランドウは尻尾をピンと立てる。

【わかってるよ！　ちゃんと真面目に偵察するって。俺の偵察がいかに優秀か、わからせてやる！】

ランドウはジタバタともがいて俺の腕の中から降りると、透明になって扉の隙間から中に入っていった。

【私も参ります】

そんな声とともに、ヒスイの気配も近くから消える。

「偵察に行ってもらったから、すぐに中の様子がわかるよ」

俺はダリルやシャルたちを振り返る。

「き、消える動物なんて初めて見ました」

ランドウの能力を見て呆然とする少年たちに、俺は微笑む。

「この世界には、まだまだ不思議なものがあるんだよ。空飛ぶ動物や、人の気を感じて成長する植物だってある。僕もほんの一部しか知らないけどね」

その言葉に少年たちは瞳を煌《きら》めかせる。

「いいなぁ。外国に行って、いろんなもの見てみたいなぁ」

シャルが羨ましそうに息を吐き、その後ろにいた少年たちが言う。

「シャルは頭がいいんですよ」

「発明家になるのが夢なんです」

「へぇ、そうなんだ？」

我がことのように話す仲間に、シャルはそっぽを向く。

「バラすなよ。恥ずかしい」

「恥ずかしいことなんてないよ。強力な煙玉やラルム玉を作ったのも、シャルなんだよね？」

あれはかなり強力そうだった。使う人や用途に気をつければ、自衛として有効だと思う。

「そうですけど……。でも、俺たちは疾風の窃盗団だし……」

口ごもるシャルの手を握って、俺はニコッと微笑む。

「今までは、でしょ。罪をつぐなった後、行くところがなかったらリベルさんたちが面倒を見てくれるって言っていたし。自由に国を行き来できるようになったら、グレスハートにも遊びに来てよ。

うちの国の商品は、きっと初めて見るものばかりだよ」

「グレスハートに？」

思ってもみなかったことだったのか、シャルは目を瞬かせる。

「珍しい商品は全て、フィル様が考案されたんだ。変わっているのに、機能的で素晴らしい品で、見たらきっと驚くぞ」

自慢げなカイルの言葉に、シャルたちの視線が尊敬の眼差しとなって俺を突き刺す。

違うんだよ。あれ前世の知識で作った品なんだよ。言えないけどぉ。

罪悪感にさいなまれているところへ、ヒスイとランドウが同時に戻って来た。

ランドウは地下を探し、ヒスイは一階と二階を調べてきたみたいだ。

【ランドウの情報と合わせた偵察内容をご報告します。主が一人、それを守る屈強な護衛が六人おりました。その他に、雇われたと思われる者が十人ほどいて、屋敷内を巡回していましたわ。ただ、雇われた者はそちらの見張りのように、見かけだけですわね】

ヒスイの姿は見えなかったが、転がされている見張りに向かって、クスッと笑ったのがわかった。

主人と護衛六人か……。アルフォンス兄さんがヴィノ村で見かけた人数とも一致する。

見回りがいるってことは、自分の護衛以外に、コルトフィアでも何人か雇ったんだな。だが、屋敷の規模を考えたら、思っていたより人数は少ない。

【取引の部屋は二階でした。護衛六人もそちらの守りを固めております。今は、指輪を渡すのが先

か、人質を解放するのが先かの交渉をしているみたいですわね】

「僕たちは人質を解放しつつ、それ以外を捕らえる必要があるね」

俺は考えながら、低く呟く。

それも、なるべく相手に悟られないようにだ。気づかれれば、今度はアルフォンス兄さんたちが危険にさらされてしまう。

【人質は地下にいたぜ！　厨房の奥に階段があるんだ。つまみ食い我慢できたぞ！】

ランドウは褒めてもいいぞとばかりに、上体を反らす。俺は小さく笑って、その頭を存分に撫でた。

ってことは、人質は移動させていないんだな。急いで解放して、アルフォンス兄さんのところへ行かないと。

「ご褒美はあとでね。まずは案内してくれる？」

俺の言葉に、ランドウは頷いて再び姿を消した。先に敵がいないかを確認し、時々姿を現してはこちらを振り返る。

【今のうちだ！】

俺はシャルたちと目配せをして、ランドウの後を追いかけた。

幸いにも屋敷の廊下には、色のあせた絨毯《じゅうたん》が敷きつめられていた。そのおかげで、気をつければ大きな靴音を立てずにすむ。

そうやって順調に進んでいた俺たちだったが、ランドウの「止まれ」の指示で足を止めた。

【厨房の入り口の前に、二人の見張りがいるんだ】

曲がり角からそっと覗くと、ランドウの言う通り二人の男がいた。

見張りと言っても、二人で談笑していてその役目は果たされていない。

騒がれないようにお引き取り願いたいが、どうしようかな……。

そんなことを考えていると、コクヨウが横を通り過ぎていく。

【何をグズグズしている。行くぞ】

いや、行くって言ったって……。

躊躇《ためら》っていると、コクヨウの姿が一瞬にして消える。高速で見張りに向かって走っていったらしい。

慌てて俺が厨房入り口を覗くと、ちょうど黒い影が男たちに体当たりしたところだった。

「ぐあっ！」

咄嗟のことに対処できず、後ろへ吹き飛んだ男たちを蔦が受け止める。

そして、瞬く間に先ほどの見張り同様、蔦でぐるぐる巻きになってしまった。

「うわぁ……」

あっという間の捕縛に、俺は言葉を失う。

コクヨウとヒスイにかかれば、捕縛方法を考える時間さえ無駄だったか。

「む、むが、もご！」

何とか蔦を引きちぎろうとする男たちに、コクヨウがニヤリと笑う。

【ほぉ、我が手加減してやったにしても、さっきの見張りよりは威勢がいいな】

ヒスイも姿を現して、転がっている見張りを見下ろす。

【あら、本当ですわね。でも……】

彼らがわかるようになのか、ヒスイは途中から人間の言葉で話す。

「貴方たちに、私の蔦が切れるかしら？」

ヒスイは低く囁き、ニッコリと笑う。その微笑みは迫力があり、どこか空恐《そら》ろしい。

それを男たちも察したのか、途端に動きを止めて大人しくなる。

「そのまま静かにしていてくださいね？」

男たちが何度も頷くのを確認し、ヒスイは俺に合図を送ってから再び姿を消した。

【やっぱり怖いなぁ】

ランドウは呟いて、ブルッと体を震わせる。

俺が不在の時は、ヒスイがコクヨウ以外の皆のことを見てくれている。

あの自由奔放《ほんぽう》なランドウが、よくヒスイの言うことを聞くなぁと思っていたんだけど……。

怖いと感じてたのか。伝承の獣であるコクヨウには食ってかかるのに、変なの。

「フィル様、行きましょう」

カイルに促されて俺は頷き、ダリルたちを振り返る。

「あ、そうだね。……じゃあ、見張りが片付いたので行きましょうか」

「え？　片付いたって……」

俺の後ろにいたダリルたちは、今起こった一部始終を見ていない。

隠れることもせずに廊下へ出た俺とカイルに驚き、そして厨房前に転がっている見張りを見てさらに驚いていた。

男たちはコクヨウの可愛らしい肉球で、とどめの屈辱とばかりにタシタシと踏まれている。

「あ、あの小さな子狼が、これを？」

ダリルが飛び出しそうなほどに目を見開き、コクヨウを見つめる。

「ま、まぁ……そんなところです。とにかく、先を急ぎましょう。ほら、コクヨウもやめなって」

すっかり戦意喪失してるっていうのに……。

俺はコクヨウを抱き寄せ、厨房へ足を踏み入れる。

厨房はガランとしていた。屋敷の主がいた当時のものか、調理器具がいくつか置かれているだけだ。

おぉ、すごい。カウンターやテーブルの天板も大理石。戸棚の一部にも、同じく大理石が使われている。

「厨房はお客さんに見せるものじゃないし、使用人しか使わないから、普通はこんな立派な調理台

にしないのに……」

　俺が呟くと、ダリルが小声で教えてくれる。

「王女様が王族の方にしては珍しく、お菓子作りを趣味にされている方だったそうなので、それでじゃないですかね」

　なるほど。王女様も使っていたからか。

　磨いたら綺麗な調理台だろうに、埃《ほこり》をかぶっちゃってもったいないなぁ。

　テーブルの上には、口の開いた大きな麻袋が置かれていた。

　中を覗くと、果物やパンなどの食べ物が入っている。

　床にも同じ麻袋が数枚落ちているな。中身はないが、これにも食料が入っていたのだろうか。

　だとしたら、結構な量だ。人質たちには食事を与えられてるって聞いたから、それかな？

「フィル様、足跡が……」

　カイルに言われて、床を注視する。うっすらと埃の積もった床に、足跡が残されている。それは、大理石の戸棚の裏へと続いていた。

　そっと覗くと地下へと続く階段があり、階段下の奥が、うすぼんやりと明るかった。

「下に仲間がいるんですか？」

　シャルがすぐさま階段を下りようとするのを、カイルが小声で止める。

「待て。誰かが上ってくる。一旦、隠れろ」

俺たちは慌てて、地下階段入り口の左右へ分かれて屈む。

「足運びからいって、大人……見張りですね。金具の音がするので、剣を持っているかもしれません」

カイルの推測を聞いて、少年たちの表情に緊張が走った。

【ちゃんと偵察したのか？】

俺の腕の中から抜け出したコクヨウが呆れ顔で言うと、ランドウはムッとする。

【さっき偵察した時は、見張りなんていなかった！】

その言葉は本当だろう。ランドウが俺たちを呼びに来ている間に、巡回していた見張りが、人質の様子を見に行ったに違いない。

それより隠れてるんだから、騒がないでってば。

俺はコクヨウたちに向かって、『静かに』と唇に人さし指を当てる。すると、ふいに階段を上る人物の足音が止まった。

「ん？　何だ？　動物の鳴き声がするな」

まずい。ランドウたちの鳴き声が聞こえちゃったか。

「ハハハ、食いもんがあるからな。ネズミでも入り込んだんじゃないのかぁ？」

地下にまだ別の男がいるのか、仲間をからかう声が聞こえる。

「やめろよ。俺、ネズミが苦手なんだから」

陛下に向かってそう言った男は、肩を竦めながら階段を上ってくる。ネズミを恐れているのか、男の足取りは慎重だった。辺りを見回し、屈んでいる俺たちに目を留める。

「……へ？　ハッ！　し、侵にゅ……」

男が俺たちを侵入者だと認識するまで、少し間があった。叫んで助けを呼ばれる前に、カイルが斜め後方から男に足払いをかける。

「なぁっ！　……いってて」

男は尻もちをつき、衝撃に顔をしかめる。

そんな男の目の前には、姿を現したままのランドウがいた。

え、ランドウ、何で隠れずにいるわけ？

俺とカイルが慌てて回収しようとしたその時、男が大声で叫んだ。

「ひ、ひぃぃっ!!　でっかいネズミーッ！」

でっかい……ネズミ？

目を瞬かせる俺たちの困惑をよそに、男は慌てふためいて座り込んだまま後ずさりする。

そして男は大きな音を立て、下がった先にあった戸棚に頭をぶつけた。

よりにもよって、大理石の部分である。

今すごい音したけど、大丈夫？

男は頭を抱えて、呻きながら蹲《うずくま》った。敵ながら思わず同情したくなるくらい痛そうだ。

だが、それに追い打ちをかけるように、ランドウは鼻息荒く男に詰め寄る。

【失礼な奴だな！　ダンデラオー神である俺に向かって、でっかいネズミとはっ！】

う、うん。お怒りはごもっとも。

ただ、ランドウの見た目は大きなモルモット。分類としては、ネズミと言えなくもない。

男は余程ネズミが苦手なのか、大きな体躯《たいく》を縮めて涙目で訴える。

「こ、来ないでください。お願いだからっ！　本当に苦手なんだってぇ」

【じゃあ、俺を神として崇《あが》めよ！】

立ち上がって前足を上げたランドウに、男は指を組んで祈りのポーズを取った。

「ひぃ！　神様ぁ、どうかお助けくださいぃ！」

……多分この人、ランドウの言葉を理解しているわけじゃないよね。

別の神様に、ランドウの脅威から助けてくださいって言っているんだろうなぁ。

だが、それを知るよしもないランドウは、ご満悦で頷く。

【よしよし。俺は心が広いからな。許してやるぞ】

カイルとダリルが祈ったまま動かない男を縛り上げる間にも、ランドウは「もしかしたら俺の信者になるかもしれないから、あまり痛く縛ってやるなよ」と指示していた。

そのランドウの優しさに、真実は口が裂けても言わないと心に決める。

さて、一人は片付いた。あとは階下にいるもう一人の見張りだが……。

そう思った俺の足を、コクヨウがポンポンと叩いた。

【下の奴はヒスイと一緒に片付けておいたぞ】

「えっ⁉」

俺が慌てて階段を覗き込むと、階段の下の方に蔦でぐるぐる巻きになった男がいた。

いつの間に……。全然気がつかなかった。

【こちらで物音がしたので上がってきたんです。さっきの方みたいに、とても物わかりの良い方でしたわ。ふふふ】

耳元をくすぐるヒスイの笑い声に、俺はゴクリと喉を鳴らす。

一体どうやってわからせたんだろうか……。気になる。

いやいや、今はそれを聞くよりも人質救出が最優先だな。

俺はシャルたちを振り返って、階段下を指差した。

「下の見張りも捕まえたみたい。早く人質を助けだそう」

【フィル。私は上で見張りをしておりますわね】

ヒスイの声に頷いて、俺は階段を下りていく。階段に転がっている男のところまで来た時、慎重に様子を窺いつつ通ったが、ぐったりとして大人しかった。

夏なのに地下室は少しひんやりとしていた。広さとしては、二十畳ほど。

いくつもの樽《たる》や、何かを置く棚があるから、おそらくここは食料庫だろう。

「フィル殿下、あそこを見てください！」

緊張した声で、少年の一人が部屋の奥を指差す。棚の隙間から覗くと、太い木の閂《かんぬき》がかかっている扉が見えた。

「フィル様、中から物音が聞こえます。人質たちでしょうか」

カイルが耳を澄ましながら言うと、ランドウは頷いた。

【偵察に来た時、少年の声が聞こえてたから、多分そうだと思うぞ】

それを受けて、俺は扉を指差した。

「よし。急いであの閂を外そう」

閂に使われていた木材は重かったので、皆で協力してそれを外す。

扉を開けたが、中は薄暗くてよく見えなかった。

人の気配はあるんだけどな……。

どうやら、静かにこちらの様子を窺っているらしい。

シャルが部屋の中に向かって、そっと声をかける。

「おい、俺だ。アーチ、ファベル、オッド。皆いるのか？　助けに来たぞ！」

「……え！　その声、シャルか？　本当に？」

驚きの声とともに、三人の少年たちがおそるおそる中から出てくる。

彼らはシャルたちの顔を見るやいなや、目に涙を浮かべた。

「本当だ！　シャルじゃないか！　ミックとジョーイも！」

「助けに来てくれたのか、お前たち！」

「俺たち出られるんだぁっ！」

そう言って、シャルたちに抱きついた。

ダリルは口に手を当てて、「感動の再会だぁ」と、もらい泣きをしている。

だが、当のシャルたちはと言うと、なぜか目が据わっていた。

「お頭の言ってたこと、本当だったんだな」

「会わない間に、随分ふっくらしやがって」

あぁ、確かに言われてみれば……。

太っているとまではいかないが、元々はシャルたちのように体の線が細かったならば、今の彼らは頬や顎の辺りがふっくらしている。

呆れるシャルたちに、アーチたちは恥ずかしそうに笑う。

「いやぁ、毎日三食欠かさずに食べられる上に、閉じ込められて運動できないしさぁ」

「これがまた出される果物もパンも美味しいんだぁ」

頭を掻きながら言い訳するファベルの頬を、シャルが引っ張った。他の少年も、同様にアーチやオッドの頬を引っ張る。

「こっちは心配で眠れない日もあったっていうのに！」

「盗みを働くなって言われてるから、草ばっか食ってるんだぞ！」

「いでで、悪かったってぇ」

可愛さ余って憎さ百倍ってところかなぁ……。

仲間の無事な姿を見て、ホッとしたからっていうのもあるんだろうけど。

彼らのやり取りに思わず笑みがこぼれたが、俺はシャルたちの間に割って入った。

「仲が良いのは微笑ましいけど、今はそんなことしてる場合じゃないよ。早く逃げなきゃ」

「あ、はい。そうですね」

頷くシャルに、ファベルが俺を指差して尋ねる。

「こいつら誰？　新入り？」

慌てたシャルは、その頬を再びつねった。

「いでででで、何ふゅんだよ」

「いいか？　よーく聞けよ。この方はグレスハート王国のフィル王子殿下だ。お隣にいるのが従者のカイルさん」

頬をつねられたままのファベルは、目をパチクリとさせる。

「……うひょだぁ」

ファベルたちは信じられないといった様子で、俺たちに視線を向ける。カイルはそんな彼らを腕組みしながら見返した。

「嘘じゃない。まぁ、詳しい話は逃げてからシャルたちに聞け。まずこの屋敷を出て、仲間の待つ倉庫に行くんだ。ダリルさん、彼らが衛兵に見つからないように、倉庫まで案内できますか？」

「は、はい。衛兵の見回りの順路や刻限は把握済みですので、その点に関してはご安心を」

「では、彼らをよろしくお願いします」

「え、あの、お二人は……？」

躊躇《ためら》いがちに尋ねるダリルに、俺とカイルはチラッとお互いの顔を見た。

「僕たちはこのまま取引の場へ行くつもりです」

「逃げないのですか!?　……そんな、幼き王子様が。い、いや、確かにお二人は私なんかより賢くお強い。だけど、このまま行かせていいのか？」

ダリルはいつも通り心の悩みをそのまま口にする。そんな彼に、俺はクスッと笑った。

「ダリルさんは皆を倉庫まで送ることを考えてください。そこまで行けば、うちの護衛が保護してくれますから」

本当は大きく変身したルリの背中に乗せて、空を飛んで送ったほうが早いんだろうけど……。

結構コツがいるからなぁ。初めての人はたとえルリが安全に飛行したとしても、乗りこなすのは難しいだろう。

俺はランドウを控えさせてから、ダリルたちを出入り口付近まで送った。

「気をつけてくださいね」

「わかりました。責任をもって送り届けます」

ダリルは緊張した面持ちで、コックリと頷いた。


ダリルたちと別れた後、俺とカイルは取引が行われている二階へと急ぐ。

廊下を巡回していた見張りたちは、先を行くコクヨウとヒスイによってすでに捕縛されている。

おかげで、そう時間もかからずに目的の部屋の近くまで到着することができた。

「さて、部屋の外の見張りまでは制圧したけど……。中の状況はどうなってるの？」

俺が小声で聞くと、姿を現したヒスイが説明する。

【廊下側の扉を、二人の手下が塞いでいますわ。ゾフィが廊下側の席、テーブルを挟んで窓側の席に取引相手の男性が座っておりました。ゾフィの後ろにはアルフォンス様たち、取引相手の後ろには手下が二人立っております。それから、アルフォンス様たちの両側にも、一人ずつ手下が見張っておりますわね】

つまり、アルフォンス兄さんたちは敵に三方を囲まれた状態ってことか。

「どこから突入するのがいいだろう」

アルフォンス兄さんたちに被害が出ないようにするには……。

考え込んでいると、コクヨウはニヤリと笑った。

【正面突破で、この扉を蹴破って入れば良いではないか。敵が驚くだろうから、蹴破ったついでに数人倒すことができる】

「あのねぇ。破壊された扉に、アルフォンス兄さんたちが巻き込まれて怪我したらどうするの」

俺が呆れ顔で言うと、コクヨウは目をパチクリとさせる。

【事前に通達しておけば、飛んできた扉くらい避けられるであろう】

「無茶言わないでよ」

ヒスイに頼んで事前に伝えてもらったとしても、コクヨウの速度を考えたら、蹴破る扉の勢いって相当だと思う。

【では、どうする】

コクヨウは提案を却下されて、面白くなさそうに鼻息を吐く。

【廊下ではなく、窓側からはいかがですか？】

ヒスイは微笑んで、隣の部屋を指差した。

【各部屋に小さなバルコニーがあります。部屋伝いに渡れると思いますわ】

バルコニーか。窓側から来るとは思ってないだろうから、奇襲になりそうだな。

「よし、そうしよう」

俺たちは物音で怪しまれないように、念のため二つ先の部屋へと向かう。

鍵がかかっていたが、ヒスイに中から開けてもらって入った。

コハクを召喚し、真っ暗な部屋の中を照らしてもらう。

部屋を飾る調度品はほとんど持ち出されていたが、ベッドなどの大きな家具はそのままになっていた。廊下よりもひんやりと感じて、俺はゾクッとして肩を竦める。

「住人のいなくなった部屋って、やっぱり不気味だなぁ」

ゴクリと喉を鳴らし、そそくさと窓側から外に出る。

すると、先ほどまで見えていた月の光も雲によって遮《さえぎ》られ、辺りは暗くなっていた。

ヒスイの言った通り、各部屋に小さなバルコニーがついている。

それぞれのバルコニーの間は、八十センチくらい離れている。その部分は一階まで抜けているから、足を踏み外したら大変だ。

そんな俺の目の前で、カイルはいとも簡単に隣のバルコニーへと移る。

軽やかだなぁ。鍛錬の一環として、普段から木に登ったりしてるもんな。

俺が感心して見ていると、ヒスイがにこにこと笑って俺に向かって手を広げた。

【フィル、私が抱き上げて連れて行きましょうか？】

思わずむせかけて、慌てて口を押さえる。

それはからかっているの？　本気なの？

脱力しつつヒスイを見るが、彼女の笑顔からはそれを推し量ることはできない。

「……いえ、自分で頑張ります」

俺は丁重に断り、自力でバルコニーを渡って、二つ先の取引の部屋へと移動する。

「コハク、もう光らなくていいよ。あとは大人しくしていてね」

俺は胸ポケットにしまって、優しく微笑む。コハクは頷いて、フンスと鼻息を吐いた。ヒスイもそれと同時に、自らの姿を消す。

【フィル様たちの体を、見えないように隠してあげるわね】

キミーの声とともに、薄く黒いヴェールが俺とカイルの体を覆った。

これは館の玄関前で、見張りの男の目隠しとして使った靄《もや》にも似ているが、機能としてはちょっと違う。

今覆われているものは、中から周りの景色が見えるようになっている。

たとえて言うなら、闇妖精特製の隠れ蓑《みの》といったところかな。

まぁ、使えるのは暗がりや影のある場所だけだし、動かないことが条件にはなるけどね。

影が動き出したら、見た人たちが悲鳴を上げるだろうからなぁ。

「取引相手の男は手下を介して、ゾフィと話をしているみたいですね」

先に中の様子を窺っていたカイルが、俺を振り返る。

音を立てないように、俺もそっと中を覗き込んだ。

この部屋は先ほどの部屋よりも広くて、置いてある調度品も豪華だった。

もともとは屋敷の主人の部屋だったんだろうか。

部屋の中央に設けられたテーブルに、ゾフィとフード付きのマントを着た人物が対面している。

カイルが言うように、男は隣に控えている護衛にだけ話しかけているようだ。

以前の取引では、ゾフィの前で話すこともあったみたいだけど……。

アルフォンス兄さんたちが増えて、警戒しているのだろうか。

声というのは、人物を表す大きな特徴のひとつだ。知られる人が増えるほど、特定される可能性も高くなる。

「仮面をつけているのか、声がくぐもっていますね。若い男だというのはわかりますが……」

耳をそばだてながら、カイルがそう推測した。

ルーゼリア王女はジョルジオ殿下かどうか早く確かめたいだろうから、やきもきしてそうだな。

「ヒスイ。人質が解放されたことは、アルフォンス兄さまには伝えてあるんだよね？」

俺がそう尋ねると、近くで柔らかな声が聞こえる。

【ええ。ちゃんとお伝えいたしましたわ】

「ありがとう。なら、もうすぐ話し合いに動きが出るかもね」

窓越しからじゃもどかしいけど、事態が動くのを待つか。

だが、思っていたよりも早くその時はやって来た。突然取引相手が勢いよく立ち上がり、そのせいで座っていた椅子が倒れる。

「こちらには人質もいるというのに、指輪を渡さないとはどういうことだ！」

怒りに震える声は、外にいる俺の耳にも届いた。

「言うことを聞いていれば、約束通りに国外に逃がしてやったものを！　お前ら、今すぐ指輪を奪い取れ！」

男は手下の護衛に向かって、手を払って合図をする。

しかし、その護衛たちが抜いた剣を構える前に、コクヨウがバルコニーの扉を蹴破った。

目の前で全開になった観音扉に、俺は驚愕《きょうがく》する。

え？　ちょ、えぇぇぇっ!!　まだこっちは号令出してないよ!?

俺が止める間もなく、コクヨウは扉の音に振り返った護衛の脇腹に突進する。

「ぐふっ！」

吹っ飛んだ護衛は、アルフォンス兄さんの脇にいたもう一人の護衛を巻き込んだ。それでも勢いを殺しきれず、二人は重なり合うように壁に激突する。

硬い石壁にぶつかった衝撃で剣を落とし、脇腹や背中を押さえて呻いている。

……………痛そう。

【何だ、精鋭と聞いていたが、大したことないな】

そんな男たちを可愛い肉球で踏みながら、コクヨウはつまらなそうに呟く。

いい奇襲にはなったみたいだけど、相変わらず自由すぎる。

扉のガラスが割れなくて良かったな。そう思うしかない。

「な、ななな……何だ。一体何が……」

振り返った男の仮面は、顔全体を覆うタイプだった。人の顔を模《かたど》った銀白色の仮面で、目と鼻と口に穴が空いている。

仮面のせいで表情はわからないが、動きや口調からかなり動揺しているのが伝わった。

キミーが黒い靄を取り払い、俺とカイルが現れたからその驚愕《きょうがく》はなおさらだ。

まぁ、黒い靄から人出てきたら、普通は驚くよねぇ。

「何だ！　何なんだお前たちは！」

指を差された俺は、仕方なく微笑んで挨拶した。

「窃盗団の助っ人です」

【すけっと～！】

コハクも胸ポケットから顔を出し、「ピヨ！」と一鳴きする。

その可愛さはこのシーンに合わない気がするけど、まぁいいや。

アルフォンス兄さんは口元を押さえて苦笑した。

「陰に隠れながら、助けてくれるんじゃなかったのかな？」

「そのつもりでしたけど、コクヨウが出て行っちゃったんです」

【先に攻撃を仕掛けることが大事だからな】

コクヨウはこれがその成果だとばかりに、未だ呻いている護衛を小さな前足でつつく。

「リックさん、エリオットさん！」

カイルが床に落ちていた護衛の剣を拾い上げ、リックとエリオットに向かって投げた。彼らはそれをキャッチすると、剣を軽く振って眺める。

「へぇ、なかなかいい剣を使ってるな。切れ味が良さそうだ」

リックがかぶっていたフードを取りながらニッと笑い、エリオットも同様にフードを取ってため息をついた。

「と言っても、それを試すわけにいかないのが、残念なところだがな」

そう言って、残りの護衛たちに向かって剣を向ける。

向かってくるなら応戦はするが、なるべく傷つけずに捕らえようと考えているのだろう。

「多少なら仕方ないのではないですか？」

冗談か本気かわからない口調で言ったのは、リアナさんだ。

彼女はマントを投げ捨てて、隠し持っていた自分の剣を抜く。そして、剣を構えてルーゼリア王女たちを守るように立った。

仮面の男はそんなリアナさんやエリオットたちの顔を見て、後ろへ数歩下がる。

「まさか……何で……」

「リアナやエリオットたちに見覚えがありますか？　では、私たちはどうです？」

アルフォンス兄さんとルーゼリア王女が、かぶっていたフードを取る。

男が仮面の下で、大きく息を呑んだ。

「……ジョルジオなんだろう？　その仮面を取って顔を見せろ。ジョルジオ・ディ・バスティア」

ルーゼリア王女の呼びかけに、男は反射的に首を振る。

「ち、違う！」

否定するが、その様子では嘘だというのがバレバレだ。

「私はジョルジオの幼馴染だ。顔を隠そうとも、声や仕草でわかる。ただ、信じたくない気持ちも、まだあるんだ。だから、違うというならその仮面を取ってくれ」

彼女は悲しげな顔で唇を噛み、一歩、足を前に出して彼へと近づく。

「来るなっ！　それ以上、近づくな！　人質はこちらの手の中にあるんだぞ！　どうなってもいいのか」

どうしても正体を知られたくないのか、男はそう叫びながらじりじりと後ずさる。

俺はそんな彼に向かって、小さく手を上げた。

「あのぉ、人質なら僕たちがもう解放しましたよ」

「な……何だと？」

俺の言葉に男はこちらを見て、ゾフィは身を乗り出して尋ねる。

「本当ですか？　皆は無事なんですね⁉」

俺とカイルは安心させるように、しっかりと頷いた。

「うん。無事だよ。皆、怪我ひとつしてない」

「ダリルさんに案内を頼んだから、街の衛兵にも見つからずに仲間のところへ戻れるだろう」

「よ……良かった。あいつらが無事で……」

彼女はホッと息を吐き、目に浮かぶ涙を拳で拭う。

「ついでに言うと、人質を見張っていた男たちや、館内を見回っていた者たちは、すでに全員捕縛してあります。だから、応援は呼べませんよ」

ニコッと笑った俺に、廊下側にいた護衛が慌てて扉を開く。

廊下で見張りをしていたはずの二人は、蔦でぐるぐる巻きになって転がっていた。その姿には敵側だけでなく、ルーゼリア王女たちも驚いたようだ。口をポカンと開ける。

「あれって……誰がやったんですか？　まさか……」

ルーゼリア王女はアルフォンス兄さんの服の裾を引いて、転がる見張りと俺を見比べる。

「フィルには特別な守護者が多いんだ」

アルフォンス兄さんはそう言って微笑むと、ルーゼリア王女から仮面の男へと視線を移した。

「さて、貴方の手駒《てごま》はここにいるナイトだけとなりました。こちらも手荒な真似はしたくありません。どうか、大人しくしていただけませんか？」

あくまでも丁寧にお願いするアルフォンス兄さんに、男は腰に差していた剣を抜く。

「黙れ！　お前の……お前のせいで……」

そんな男の様子を見て、ルーゼリア王女も隠し持っていた剣を取り出して構えた。しかし、それはすぐにアルフォンス兄さんによって取り上げられてしまう。

「あ、アルフォンス先輩！」

「勇ましい君も素敵だけど、たまには私に任せて」

優しく微笑んで、ルーゼリア王女の頭を撫でる。そうして、普段の柔和な雰囲気とは違った鋭い眼差しで、仮面の男を見つめた。

弟の俺から見ても、カッコイイ。当然のことながらルーゼリア王女も、アルフォンス兄さんの普段見せない表情のギャップに惚《ほう》けた顔をしていた。

だが、仮面の男は違ったようだ。怒りに剣を震わせ、今にもアルフォンス兄さんに飛びかからんといった様子である。

この人がジョルジオ殿下なら、片思いの女の子とその婚約者のイチャイチャを見せられているってことだもんな。相手は憎い恋敵、当然腹が立つだろう。

すると、怒りに震える男の腕を、近くにいた彼の護衛が押さえた。

「ここはひとまず我々に任せ、お逃げください」

その言葉で、男の護衛たちがリックたちに向かっていった。

リックやエリオット、リアナさん、アルフォンス兄さんがそれに応戦する。

リックにエリオット、リアナさんの腕前はさすがだが、アルフォンス兄さんの剣さばきも素晴らしかった。

剣術で言うと、次兄のヒューバート兄さんのほうが、体を鍛えることに熱心で力も強い。だが、アルフォンス兄さんの剣術は、動きに無駄がなく美しかった。

この部屋が広いといっても動きは制限されるのに、リックたちの剣捌《さば》きを邪魔することなく攻撃を加えている。

仮面の男は自分を落ち着かせるためか、大きく息を吐いた。

今の状況が自分にとって不利であるとわかったのだろう。

「わかった。ここは引こう」

自身の護衛に対して、小さく言う。護衛は安堵すると、部屋の中を見回し、俺のところで視線を留めた。

やはりこっちを退路にするつもりか。

……まぁ、普通はそうだよね。

仮面の男は部屋の窓側、アルフォンス兄さんたちは廊下側にいる。

その廊下側には男の護衛が三人いるが、それぞれアルフォンス兄さんたちと闘っていた。

あそこの中を通って、廊下に出るというのは自殺行為だ。

この二階からどう逃げるかは気になるけど、部屋を出るなら人が密集している廊下側より、俺のいる窓側からが一番いいだろう。

と言っても、それはコクヨウとヒスイとカイルがいなければの話だけど。

【随分舐《な》められたものだな。我が主人は】

【フィルは見た目が可愛らしいですもの。仕方ないですわ】

コクヨウとヒスイの会話に、俺はちょっと眉を寄せた。

コクヨウは俺をからかう時、わざと俺のことを『主人』と呼ぶ。

俺だって子供の姿で、相手が怯んでくれるとは思ってないけどさぁ。

小さくため息をつき、それからまっすぐ仮面の男を見据える。

「こちらに来ても、逃がしませんよ」

俺がそう言うと、男は仮面の下で小さく笑った。

「武器もないのに随分な強気だ。私の召喚獣を見てもそれを言えるか？　……ドルク！」

男が呼び出した召喚獣は、毛色が真っ赤なライオンだった。

グルリと首を動かして、大きく一鳴きする。

「……火属性のヴィラドール」

火属性の上位種、戦闘系。炎の獅子《しし》とも呼ばれている動物だ。

友人のトーマは俺に輪をかけて動物が好きだから、ここにいたら喜ぶだろうなぁ。

短い鬣《たてがみ》が揺らめき、炎が踊るがごとくキラキラと煌《きら》めいていた。

コハクは胸ポケットから顔を出し、「おぉ～」と驚いている。

俺もその赤い毛の美しい色に、思わず感嘆の息を吐いた。

綺麗な毛並みで、カッコイイ。うぅ、触りたい。

希少な種族で頭数が少ないから、事典の情報もあまりないんだよね。触るどころか、滅多に見られるものじゃない。

もしかして、窓からヴィラドールに乗って逃げようと思っているのかな。

ヴィラドールは跳躍力に優れ、主人を背に乗せて走ることもできると言われている。

その姿を見たいなぁ。見たいけど、逃がしちゃいけないからなぁ。

「怪我をしたくなければ、そこをどけ！」

男は俺に向かって、剣を向ける。すると、剣を持つ男の手に、何かが当たった。

「うぁっ！」

呻いた男の手から剣が滑《すべ》り落ちる。

「フィル様に剣を向けないでください」

カイルはパチンコを放った姿勢のまま、不機嫌そうに低く呟いた。

パチンコを弾いて男の手を攻撃し、剣を落とさせたのか。

カイルが使用しているパチンコの玉は乾燥した木の実。威力はそれなりにある。男が手に革のグローブをしていなかったら、あの程度の衝撃ではすまなかっただろう。

「この私に向かって……」

痛む手を押さえる男の言葉に、カイルは怯むことなく返す。

「では、貴方はどこの誰ですか？　現時点で貴方は、窃盗団と取引をしている怪しい人物。そして俺はただ、敵意を向ける相手から主人を守っただけです」

確かに、相手が皇太子なら問題だが、今の時点ではカイルが責められることは何もない。

男の隣にいた護衛が、剣を構えてカイルの前に立つ。

「この者の相手は私が！　早くお逃げください！」

再度促された男は、舌打ちをしてヴィラドールに乗り込んだ。

「ドルク、強行突破しろ！」

しかし、主の命令を受けたドルクは、一歩も動こうとしなかった。それどころか、徐々に後退している。

「何をしている、ドルク！」

ドルクの視線の先には、俺とコクヨウがいた。コクヨウはただジッと見つめているだけだが、その気配の大きさにドルクは毛を逆立てる。それを見たコクヨウはニヤリと笑った。

【この子供はな。なりは小さいが、我が召喚獣契約を結んでいる者だ。そして、お前の主人と敵対する者でもある。我と戦う覚悟があるなら、遠慮せずに来るがいい】

ドルクは体を震わせ、さらに後ろへと下がる。

「何をしている！　ドルク、強行突破だ！」

男に言われ再び前に進もうとするも、困った様子でドルクは喉を「グルル」と鳴らした。

【ご主人様の命令には従わなくちゃいけない。わかっているけど、駄目です。ここを進んだら、ご主人様が危ないです】

戦わないという判断をして主人を守ることも、召喚獣としては大事だ。

しかし、その言葉のわからない男は、舌打ちしてドルクから降りた。

「こんな子供一人に怖《おじ》けづくとは……。ドルク、我が身に控えよ」

主人の落胆を感じ、ドルクは悲しげに頭を下げたまま姿を消した。

「ドルクが可哀想だ」

思わずこぼれた俺の言葉に、仮面の男はこちらに顔を向けた。

「……何？」

「人間は動物の言葉がわからないから、その心を理解することは難しい。でも、ドルクが貴方を大好きだと思ったり、貴方の身を案じたりする気持ちは、ドルクを気にかけていたら自《おの》ずとわかるものだよ」

「何をわかった風な……！」

子供に説教されてカッとしたのか、男は俺に向かってくる。

「アルフォンス先輩、私の未来の弟を助けにいきます！」

そう宣言するルーゼリア王女を、剣の柄《つか》で目の前の護衛を気絶させたアルフォンス兄さんが引き留める。

「フィルなら大丈夫」

「し、しかし……」

「珍しいなぁ。フィルがちょっと怒ってる。可愛い」

ほんわかと言っているのが聞こえて、俺は思わず笑いそうになった。

確かにちょっとムッとしちゃってたけど、可愛いってなんだ。

しかし、そのおかげでいい感じに力が抜けた。

俺は鉱石のついている腕輪を、男に向かって掲げる。

「旋風《つむじかぜ》！」

鉱石は表記の文字数と、イメージによって効力を発揮する。文字数が少なければ威力が増し、イメージがしっかりしていると発動も安定する。

漢字を使うとイメージしやすくなるし、表記文字数を短縮できるから威力が増加するんだよね。

突如として巻き上がった強い旋風に、フードと仮面が飛ばされ、驚いた男は足を止めた。

その隙をついて俺は男の右腕を両手で掴み、そのまま男の脇の下を潜るようにして、手首を捻り上げた。

「ぐぁっ！」

関節技の痛みに、男は体を屈める。コクヨウはそんな男の膝裏を蹴って、地面に跪《ひざまず》かせた。

【暴れないように、捕縛しましょうね】

嬉々《きき》としたヒスイの声が聞こえ、男の腕と足に蔦が絡まっていく。

その感触に、男の口から小さな悲鳴が上がった。

しかし、逃れたくとも、技を決められては動くことができない。蔦で身動きがとれないことを確認して、俺はようやく男の腕を放した。

「あとでドルクにちゃんと謝ってね。貴方のこと、すっごく心配してたんだから」

そう言って俺が見下ろしたのは、二十歳くらいで色白の、面長《おもなが》の男だった。

言動で感じた印象とは裏腹に、優しげな顔つきだ。

彼がバスティア王国のジョルジオ皇太子なのだろうか……。

そんなことを思っていると、カイルが俺の方へやってきた。

「フィル様、すみません、駆けつけるのが遅くなりました。お怪我はありませんか？」

心配するカイルに、俺はにっこりと微笑む。

「大丈夫。カイルも怪我してない？　あの護衛は？」

「怪我はありません。護衛も倒すことができました。ただ、早くフィル様のもとに駆けつけたかったので、今回はキミーたちの力を借りてしまいましたが……」

そう言って振り返るカイルの後ろを見ると、顔を黒い靄に覆われた護衛が床に倒れていた。

……キミーたちの真っ暗攻撃を受けたんだな。

視界を覆われた状態では、いかに強い武人でも戦えないか。

明るいところで見ると、あの姿怖いなぁ。

そこへ、アルフォンス兄さんたちも護衛を捕縛し終えてやって来た。

「突風が止んだと思ったら、何でこんな状態に……」

ルーゼリア王女とリアナさんは、蔦で巻かれた元仮面の男をマジマジと見下ろす。

「あ、その……僕の召喚獣の力です」

俺は笑って誤魔化し、それからルーゼリア王女に向かって言った。

「この方はジョルジオ殿下で間違いありませんか？」

「ええ。間違いありません」

頷いて、彼女は表情を曇らせる。アルフォンス兄さんはジョルジオ殿下の顔を窺いながら言った。

「やはりジョルジオ殿下でしたか……」

ジョルジオ殿下は悔しげに、きつく唇を噛みしめる。

「……なぜだ。自らここに来たということは、私だとわかっていたということだろう。なぜわかったんだ。身分を悟られる証拠は残していない。私の計画は、完璧だったはずだ」

そんな彼に、アルフォンス兄さんは頷く。

「そうですね。噂という出所が特定されにくい手段を使い、窃盗団という立場が弱く孤立した者を選び、手下は少数精鋭。普通であれば、貴方だと特定されることはなかったと思います」

「ならなぜ……」

睨み上げるジョルジオ殿下に、アルフォンス兄さんは微笑む。

「この旅行に、私の弟が同行していたからですよ」

そう言って、アルフォンス兄さんは俺の頭を撫でる。ジョルジオ殿下はアルフォンス兄さんから、俺に視線を移した。そんな彼に、俺は軽く頭を下げて挨拶をする。

「フィル・グレスハートです」

「……弟？」

まさか弟だとは思わなかったのか、目を大きく見開く。

「私の弟は、不思議と事件を呼び寄せる性質《たち》でしてね。その事件で得たひとつひとつの疑問点を拾い上げ、ここまで辿り着いたわけです。ただ、貴方の言うように、証拠らしい証拠はなかった。それでも、犯人の正体を推測した時、貴方じゃないかと思わせるものがありました」

「何ですか、それ？」

ルーゼリア王女が興味深げに聞いてくる。

「コルトフィアの国内中に流れていた、噂の内容だよ。破談の理由の大半は私に関する悪評ばかりで、ルーゼリアを悪く言うものはひとつもなかった。何より、破談の噂の中に『もっと大きな国の皇太子に求婚されたから』というものがあったのも、そう推測した理由のひとつだね」

そう言えば、リベルと初めて話をした時、そんなことを言っていたっけ。

ただの噂のひとつだと思っていたから、あまり気にしていなかったな。

「そんな噂だけで……？」

愕然《がくぜん》とするジョルジオ殿下に、アルフォンス兄さんは小さく笑う。

「噂だけと仰いますが、実際に破談になった時、どういった効力を発揮するか……貴方はご存じですよね？」

問われて、ジョルジオ殿下は再び唇を噛む。それを見て、ルーゼリア王女が尋ねた。

「どんな効力があるんですか？」

「仮に破談となり、ジョルジオ殿下がルーゼリアの婚約者になったとする。国民が私の悪評を信じていたなら、大変喜ばしいことだ。さらに、大きな国の皇太子に求婚されているなんて噂もあったからね。なるべくしてなった、噂は本当だったのだ……と、国民はそう解釈する。すんなり新しい婚約者を受け入れることだろう」

もっと言えばバスティア王家とは親戚でもあり、ルーゼリア王女とジョルジオ殿下は幼馴染でもある。

他の国の王子よりも、歓迎されるのではないだろうか。

それに破談となったら、どうしてもマイナスイメージがつく。そのイメージを払拭するため、コルトフィア国王もルーゼリア王女とジョルジオ殿下の婚姻を進める可能性が高い。

「あと少し……あともう少しだったのに……。グレスハート皇太子との婚姻にコルトフィア国民からの不満が高まれば、国王陛下は取りやめてくれたはずだった。なのに、何でこんなにも私の計画が崩れていくんだ」

ジョルジオ殿下はグッと歯を噛みしめ、ブツブツと呟き始める。

「思えばコルトフィアに入る時からそうだった。リガールが国境を塞いでいるから、馬車ではコルトフィアに入れないと思ったのに、香を使ってすんなりと通るし……。ピレッドの領主の娘がご執心だというから期待していれば、逆に悪事を暴いて街の英雄扱い。ルーゼリアの成人の儀だって、ボルケノが森に封じられているから執り行われないと安心していたのに。ボルケノが雷で消滅した挙句《あげく》、グレスハート皇太子が村人の避難に貢献したって話じゃないか」

そうして、アルフォンス兄さんを睨み上げる。

「サルベールに入ってからもそうだ！　街ではジルカによってピレッドの英雄譚を公演され、闘技場では盗難事件を解決。あんなに悪口を言っていた住民たちが、街を歩くグレスハートの王子たちを見かけた途端に、手のひらを返したように魅了される！」

似たような道程を辿ってきたからかもしれないが、すごく詳しいな。

そして、文句を言われているのに、なぜか俺たちの功績を称えられている気分になってくる。

悔しそうなジョルジオ殿下に反し、ルーゼリア王女はにこにこと微笑んだ。

「父上も大変褒めていました。今年は商人たちの馬車がリガールに襲われたという報告が多く、ステア側からの物資が滞《とどこお》っていたのです。ピレッドの悪政を正したことも大したものだと感心しきりでした」

好きな相手が父親に褒められて嬉しかったのだろう。

その分ジョルジオ殿下が、嫉妬心いっぱいの顔でアルフォンス兄さんを見つめているけどね。

俺もアルフォンス兄さんも、褒められるために人助けをしたつもりはない。

たまたま流れに沿っていったら、結果的にそうなってしまった部分もある。

そんな俺たちの行動が、まさかコルトフィア国王陛下と国民の好感度を上げて、ジョルジオ殿下の計画を潰すことになったとは……。

どう転ぶかわからないもんだなぁ。

「指輪を手に入れさえすれば、状況を立て直すことができると思ったのに……」

ジョルジオ殿下はそう言って、ガックリと頭を垂れる。

それでも諦めないというのだから、ジョルジオ殿下の執念もすごい。

「お前の気持ちは、受け入れることができない。私の想いは留学していた時にも言ったはずだ。あの後も変わらず接してくれたから、納得してくれたものだとばかり思っていたが……」

憂い顔で言うルーゼリア王女に、ジョルジオ殿下は顔を上げた。

「納得するわけないじゃないか！　ルーゼリア、本当に破談になっても君が彼に好意を持ち続けるように、私だって気持ちを捨てることなどできない」

そう言って、ジョルジオ殿下は涙を流す。

「初めて会った時から、ずっと君が好きだった。幼いながらに婚約の話が出た時は、天にも昇る気持ちだったよ。その婚約話がなくなった後も、いつか私が聡明で頼りがいのある男に成長したら、気持ちが変わってくれると思ったんだ。そうしたら、改めて求婚しようと……。なのに、ステア王立学校の留学中に婚約するなんて！　大陸の中でも最も小さいデュアラント大陸の、農業国じゃないか！」

ジョルジオ殿下のあまりの言いように、俺やカイル、リックとエリオットが眉をひそめる。

むぅ。そりゃ、小さな大陸の中の小国であることも、田舎の農業国であることも否定はしない。

だけど、食べ物が豊富にあるというのは、とても素晴らしいことだ。

少なくとも食料が安定していれば、国民を飢《う》えさせることはない。国民を飢えさせないというのは、簡単なようで難しいんだぞ。

「確かにグレスハートは小さい農業国です。しかし、マクリナ茶や干物などを他国に輸出し、観光にも力を入れておりますよ」

穏やかに話すアルフォンス兄さんに、俺たちは「うんうん」と頷く。

グレスハート産のマクリナ茶、魚の干物やドライフルーツ、最近では石鹸《せっけん》なども輸出されている。

うちの国の干物は、俺が監修しているから品質も良く、とても美味しい。輸送費があるから、他国での販売は高値になってしまうけれど、それでも飛ぶように売れているそうだ。

観光客からは、日持ちしないためにグレスハート国内でしか食べられないというプリンが大人気。

プリン食べたさにうちの国を訪れる人も多い。

「干物なんて、我が国の芸術的な工芸品に比べたら……」

馬鹿にしたように笑うジョルジオ殿下に、ルーゼリア王女が眉をひそめた。

「何言ってるんだ。ジョルジオもグレスハートの干物が大好きなくせに。バスティア王妃殿下に頼まれて、私が干物を送って差し上げているんだぞ」

「なっ！　あの日干し王子印の干物が、グレスハートのものだと⁉」

愕然《がくぜん》とするジョルジオ殿下の言葉に、俺は噴きそうになった。

アルフォンス兄さんは嬉しそうな顔で、ニッコリと笑う。

「おや、すでに我が国の干物をお召し上がりになっていましたか。あの干物は料理好きな私の可愛い弟が開発したものでして、商人たちが感謝と尊敬を込めて『日干し王子』と名付けたそうなんですよ」

アルフォンス兄さんはそう言って、俺の頭を撫でる。

俺の知らないところで、いつの間にか日干し王子というブランド名がついてたんだよなぁ。

「しかし、日干し王子印の干物が、グレスハートのものだと認知されていないのは問題だね。輸出品や観光面でももう少し国外に宣伝するべきか……」

顎に手を当てて考え込むアルフォンス兄さんに、リアナさんが言う。

「日干し王子印の干物がグレスハート産であることは、誰もが知っておりますよ。バスティア王家では、アルフォンス殿下やグレスハートの話題を避けていましたから、おそらくそのせいでジョルジオ殿下は知らなかったのだと思います」

なるほど。ジョルジオ殿下は一度それで問題を起こしているからな。

恋敵の国のことは、王家の方でも話題には出さないか……。

「あ、アルフォンス兄さま。観光面と言えば、今は準備段階ですが特別な宿泊施設を作ろうかと考えています。成功すれば、観光客が増えますよ」

実はグレスハートで浴槽のあるお風呂普及を目指している。まずはお城に作って、いずれは街に共同浴場。そこで良い結果が得られれば、お風呂のある宿泊施設も作ろうと考えている。ゆっくり入浴して、美味しいものが食べられる。まったりのんびりできる宿泊施設だ。

「まぁ、もう少し先の話ですけど」

「いや、とても興味深い。フィルの考えるものは新しいから、すごく楽しみだよ」

俺とアルフォンス兄さんがのほほんと話をしていると、エリオットがひとつ咳払いをする。

「殿下方、今はグレスハートの開発の話をしている場合ではありませんよ」

あ、そうだった……。

俺はハッとして、アルフォンス兄さんを見上げる。

「ジョルジオ殿下が首謀者とわかりましたが……」

彼の処分は一体どうなるのだろうか。

王族の婚姻は、ただの結婚とは違う。国と国の結びつきを強化する、政治的な意味を持っている。

大国の皇太子とはいえ、他国の婚姻を阻止しようと企《くわだ》てたことは、大変な事件だ。

「今回の件は、主にコルトフィアとバスティアで話し合いをすることだ。だから、あとはコルトフィア王家に任せよう」

そう言って、アルフォンス兄さんは廊下の扉を振り返った。

リアナさんも誰もいない廊下を見つめて、深いため息をつく。

「そうですね。事後処理はハミルトン様たちに行っていただきましょう」

ハミルトン？　その名前ってもしかして……。

すると、カイルが俺の耳元で囁く。

「複数の人間の足音が聞こえます」

【三十余りといったところか。殺気はないな】

【三人の男性を先頭に、武装した者たちがおります】

探知したコクヨウとヒスイの言葉を聞き、俺はだんだんと足音の近づいてくる廊下を窺う。

まず廊下から現れたのは、身なりの良い屈強な体つきの男性三人。その後ろに武装した護衛たちを従えている。

あの人たちって、もしかして……。

「ハミルトン兄上、デニス兄上、モーリス兄上！」

彼らを見て叫んだのは、ルーゼリア王女だ。

あぁ、やっぱり。ルーゼリア王女のお兄さんたちかぁ。

長男ハミルトン、次男デニス、三男モーリス。ルーゼリア王女のお兄さんたちの名前である。

「来られること知ってらっしゃったのですか？」

俺がアルフォンス兄さんに囁くと、アルフォンス兄さんは彼らの方を向いたまま小声で返す。

「窓辺にメイラールがいるだろう？」

振り返ってみれば、確かにそこに小さなメイラールがいた。

昼夜問わず飛べる鳥ではあるけど、こんなところにいるのは珍しいな。

メイラールは、メイラーという群れで生活する鳥の仲間だ。

メイラーは危険を察知すると、群れの親分と遠く離れていても仲間内だけにわかる鳴き声でそれを伝えることができる。

だからメイラーと召喚契約をして連絡係にしている者は多く、俺も学園の校外授業の時には先生からメイラーを渡されて、よくお世話になっていた。

一方のメイラールは、親分に伝達できるところはメイラーと同じだが、短い単語くらいなら聞いた言葉をオウムのように繰り返すことができるため、伝言役にもなれる。ただ、伝達可能な範囲が短いので、伝授する時、召喚主と親分は伝達可能範囲内にいなくてはならない。

「ルーゼリアの護衛はリアナだけに見えるけど、実は少し離れた位置に別の護衛が控えているんだよね。窓にいるメイラールは、その護衛の召喚獣の子分。昨日もいたから、多分護衛からお義兄さん方に指輪盗難事件の情報が伝わって、王都からサルベールに来てるんじゃないかと思って」

王族には常に護衛がついている。俺みたいにカイルだけで出歩くなんて珍しいほうだ。

お姫様にしては護衛が少ないと思っていたけど、そういう仕組みになっていたのか。

「どうしてここに⁉」

目を丸くするルーゼリア王女を、ハミルトン殿下たちは睨んだ。

「それはこっちが聞きたい。護衛から宿で待機しているはずのお前がこの館に入っていったと聞いて、どれだけ心配したか」

「俺たちがサルベールに到着したところで護衛から報《しら》せが入り、すぐに駆けつけたんだぞ」

「本当に無事で良かったぁ」

そう言って、三人はルーゼリア王女を抱きしめる。

なるほど。噂通りのシスコンのようだ。

「メイラールから、どれくらいの情報を聞いていましたか？」

アルフォンス兄さんの問いに、ハミルトン殿下がルーゼリア王女を抱きしめたまま答える。

「ジョルジオが犯人だろうということくらいだ」

アルフォンス兄さんは今までのいきさつや、ジョルジオ殿下の動機などを説明する。

「ジョルジオは俺たちの幼馴染でもある。気持ちはよくわかっていたが、まさかこんなことをするとは……」

デニス殿下は眉をひそめ、他の護衛たちと一緒に連れて行かれるジョルジオ殿下を見つめる。

蔦からは解放されたものの、力なく項垂《うなだ》れ、足取りもおぼつかない様子だった。

「ジョルジオの身柄はコルトフィアで預かり、後にバスティアへ送る。処分はバスティアのほうで下されるだろう」

ハミルトン殿下の言葉を聞き、ルーゼリア王女が尋ねる。

「どんな処分に……？」

「以前ジョルジオが事件を起こした時、また何かあれば王位継承権を剥奪《はくだつ》するとまで言われていたからな。もしかするとジョルジオの妹が、王位を継ぐことになるかもしれん。行動も制限されるだろう。アルフォンス殿下やグレスハート国王陛下は、処分が甘いと思われるかもしれないが……」

「いいえ、事件は未然に防げたのですから、私も父もそれで構いませんよ」

アルフォンス兄さんはにっこりと微笑む。

うちの国が大国にあまり強く出られないというのもあるけど、アルフォンス兄さんも父さんも事を荒立てるのは好まない。

王位継承権の剥奪が下されるのだとしたら、ジョルジオ殿下にとってもかなり重い処分だと言える。

「さぁ、ルーゼリア。アルフォンス殿下にも会えたし、指輪も無事だった。アルフォンス殿下たちには改めて城に来てもらうことにして、俺たちは帰ろう」

モーリス殿下がそう言って、ルーゼリア王女を廊下へと誘《いざな》う。

すると、それをハミルトン殿下が肩を掴んで止めた。

「待て。その前に確認しておきたいことがある」

「ハミルトン殿下もですか？　私も実はお三方に確認したいことがあったんです」

アルフォンス兄さんはそう言って、ニコリと微笑む。

「先ほども説明しましたが、ジョルジオ殿下は二つの計画を立てていました。ひとつ目は噂を理由に破談させ、ルーゼリアを慰めるとともに、国王陛下に婚約を認めてもらうというもの。もうひとつはもしその噂が上手く機能せず、破談に至らぬ場合、指輪を盗ませて正式に婚姻が成立するまでの時間を稼ぐというものです」

その説明に、ハミルトン殿下が腕組みをしつつ頷く。

「うむ。今回ジョルジオが密《ひそ》かにコルトフィアに入国したのは、おそらくアルフォンス殿下がコルトフィア国王陛下にご挨拶するとの情報を得たからだ。それに、噂の拡散状況も確認したかったのだろう」

デニス殿下が眉を寄せて首を傾げる。

「それで、何が聞きたいんだ？」

「情報源です。いかに親しかったとしても、ジョルジオ殿下は他国の皇太子です。この国の状況や、ルーゼリア王女の行動を知りすぎていると思いませんか？」

アルフォンス兄さんの言葉に、俺もハッとする。

「確かに。少し前に入国したはずなのに、噂の拡散状況を把握するのが早すぎますし、ルーゼリア王女がサルベールに来ることもわかっていたみたいですもんね」

「そもそも、第二の計画場所として、サルベールを選んだこと自体がおかしいんだ」

険しい顔のハミルトン殿下に、ルーゼリア王女がキョトンとする。

「何がおかしいんですか？　城では指輪は常に身につけていますから、お忍びで出かける時を狙うしかないと思いますけど……」

そんな彼女に、俺は微笑んで言った。

「でも、普通はお忍びで出かけることはないですよね。特別な用がない限りは……。そうでしょう？　リアナさん」

俺が尋ねると、リアナさんはため息混じりに答える。

「はい。ルーゼリア様はお忍びでの外出を好まれますが、私がお止めしております。今回は、どうしてもサルベールでアルフォンス様を迎えたいと仰っていたので……」

「私がいつ頃サルベールに滞在するかは教えていなかったよね？　誰かから聞いたの？」

アルフォンス兄さんが優しく尋ねると、ルーゼリア王女はチラッとモーリス殿下を見た。

皆の視線が、一気に三男のモーリス殿下に集まる。

「モーリス……。お前、ジョルジオに協力していたのか」

デニス殿下が眉根を寄せて、弟を見つめる。

モーリス殿下はブルブルと首を振った。

「い、いや、違う！　結果的に情報は流したかもしれないが、俺はジョルジオの計画なんて知らなかった。本当だ。王都に来た時に食事しながら、噂がどのくらい流れているかとか聞かれただけで、状況確認されているなんて思わなかったんだ」

「ジョルジオが王都に来ていたなんて聞いてないぞ」

ハミルトン殿下はモーリス殿下の肩を掴む手に力を入れる。

「兄上、痛い痛い痛い！　もうすぐアルフォンス殿下がサルベールに来るから、自分が来たことは誰にも言わないでくれってお願いされたんだよ。ジョルジオとは歳も一番近かったし、ルーゼリアに対する気持ちも知っていたから気の毒で……。ルーゼリアに教えたのも、アルフォンス殿下の情報を教えたら喜ぶかなって思って」

そんなモーリス殿下の言い訳に、デニス殿下は重いため息をつく。

「今回以外にも、何か情報を与えたのか？」

「ジョルジオと手紙のやり取りを……少し。痛い痛い痛い!!」

モーリス殿下はハミルトン殿下の手から逃れて、デニス殿下の後ろに隠れた。

デニス殿下は呆れた様子で弟に言う。

「お前は兄弟の中でも特にルーゼリア自慢が過ぎるからなぁ。どうせ無意識にルーゼリアのこと書いていたに違いない」

「わざとじゃないんだって。ルーゼリア、わかってくれるだろう？」

縋《すが》るような目をしたモーリス殿下を、ルーゼリア王女は半眼で見つめていた。

「モーリス兄上、嫌いです」

その言葉に、モーリス殿下は目に涙を浮かべて膝から崩れ落ちる。

「ルーゼリアが俺のこと嫌いって……。嫌いって……」

ブラコンもそうだけど、シスコンも大変だな。

「大丈夫ですか？」

俺がポケットからハンカチを出して、モーリス殿下に差し出す。

「ありがとう。君が天の御使いのように見えるよ……。妹も可愛いけど、俺、兄弟の中じゃ三番目だったら弟も欲しかったんだよなぁ」

モーリス殿下がしみじみと呟いて、俺のハンカチを受け取ろうとした。

すると、それよりも先にアルフォンス兄さんがモーリス殿下の手を取り、自分のハンカチを握らせる。

「ルーゼリア王女と婚姻すれば、私も義理の弟になります。どうぞよろしく、義兄上《あにうえ》」

そんなアルフォンス兄さんの行動に、モーリス殿下は困惑した。

「え、そうだけど、俺はあっちの可愛い弟のほうが……」

そう言って手を抜き取ろうとするが、アルフォンス兄さんはがっちりとハンカチを握らせたまま、にっこりと微笑む。

「え、何、手が抜けない、怖い」

「私を可愛がるモーリス兄上以上に、アルフォンス先輩は弟のフィル殿下を溺愛してるんです」

ルーゼリア王女の説明を聞き、モーリス殿下は青ざめて再度手を抜き取ろうとした。

「えぇ！　何それ、聞いてない」

その様子を見つめながら、俺はなんとも言えない気持ちになっていた。

んー……やっぱりブラコンのほうが大変かなぁ。

## 7

それから数日後、俺たちはコルトフィアの王城へと招かれた。

今日はアルフォンス兄さんをルーゼリア王女の婚約者として、コルトフィア貴族と国民にお披露目する日だ。

というわけで、今回は正装の中でも、特に美しい衣装を身に纏《まと》っている。

俺とアルフォンス兄さんはちょっとだけお揃いのデザインで、コバルトブルーに金糸の刺繍が施された正装。

カイルは黒の正装、アリスは明るい青のドレスを着ている。

俺たちの正装は全て、ステラ姉さんの旦那様であるティリア王国皇太子アンリ殿下が用意してくれたものだ。

さすが織物の国のティリア製。最高峰の技術が詰め込まれているだけあって、芸術品のごとき美しさだった。

アルフォンス兄さんがいつも以上に、光り輝いて眩《まぶ》しい。

俺たちはまず王城の広間で、コルトフィア貴族の方々に紹介され、その後は個々に挨拶をする。

それからバルコニーに出て、城の広場に集まったコルトフィア国民たちに向けてお披露目をするのだ。

名前を呼ばれて広間に入る。コルトフィア王城の広間は、頭上に美しいシャンデリアが下がっていた。右側には壁面いっぱいに動植物の絵が描かれ、左側にはアーチ状の大きな窓があり、光が差し込んでいる。

真ん中を通るふかふかの赤い絨毯《じゅうたん》を踏みしめながら、コルトフィア王家のもとへと向かう。

途中、両側に並ぶ貴族たちへ、会釈と笑顔を返す。顔が吊りそうだ。

ふと後ろを見ると、アリスたちが緊張した表情をしていた。

「大丈夫？」

思わず笑うと、アリスは少し拗《す》ねた顔をした。

「大丈夫じゃないです。本来なら私など、ここに入ることすらできないのですから」

カイルもすでに緊張疲れした様子で頷く。

俺だって、このコルトフィア城は気後《きおく》れしちゃうもんな。

城の大きさや貴族たちの数、この豪華な広間。グレスハートとは規模が違う。

こういうところで、コルトフィアとグレスハートの差を感じてしまう。

すると、コルトフィア王家の手前の列に、白い衣装の一団がいた。

クリティア聖教会の神官の正装を着ている、ラミアたちだ。

友人である大司教のラミア。それからステア王国支部の司教のナタリーとクロードさん、司祭のゼノとセリナがいる。

山犬の魔獣に襲われていた彼らを助けて以来、親しくしている神官たちだ。

先日ボルケノのいる森で、討伐隊に加わっていたラミアとナタリーとゼノに会ったが、セリナとクロードさんも討伐隊に参加していたんだな。

ボルケノが消滅した後、ラミアはコルトフィアで国王陛下に報告すると言っていた。

もしかしたら会えるかもなんて話していたが、こういう場で再会すると思わなかったな。

……って、あれ？　何でセリナ、口をあんぐりと開けているんだろう。口どころか、目もこぼれ落ちんばかりに大きく見開いている。

え？　もしかして俺の正体が王子だってこと、ゼノたちから聞いてないのか？

学校では身分を隠しているため、初めて出会った時は平民だと名乗った。

だが、ラミアたちとボルケノ討伐で再会した時、王子であることがバレてしまったのだ。

てっきり俺を知っているセリナとクロードさんには、このことを話していると思っていたけど……。

呆然とするセリナを見て、ゼノが笑いを堪《こら》えている。

一方、クロードさんは渋みのある顔を曇らせ、困った顔でゼノを見ていた。

なるほど。どうやら、セリナにだけに教えていなかったらしい。

「……後でいろいろ聞かれそうですね」

俺と同じように事情を察したカイルは、憂鬱そうな顔をした。

セリナとクロードさんにもちゃんと謝ろう。

仕方なかったとはいえ、もともとは身分を隠した俺のせいである。

そのことは後で考えることにして、俺は前方に並ぶコルトフィア王家の方々に視線を戻す。

コルトフィア国王陛下と王妃は、二人とも大人しそうで優しい面差《おもざ》しをしていた。

屈強な三人の王子の体格と、お転婆《てんば》な姫の性格はどこで形成されたのか聞いてみたい。

事件があった後、一度アルフォンス兄さんだけ呼ばれて二人に謝罪されたそうだ。

ジョルジオ殿下がルーゼリア王女に思いを寄せ続けていると、気づいていたこと。また、広まる噂によってアルフォンス兄さんとルーゼリア王女の婚姻に踏み切れなかったこと。

全ては思い切ることのできなかった自分の気の弱さに原因があると、国王陛下は反省していたらしい。

国王である人が自分の弱さを認め、それを相手にさらけ出すことはとても勇気がいるだろうな。

コルトフィア国王は気の弱い王だと言われているけど、とても優しく誠実な人なんだと思う。

そう考えると、まっすぐな性格の子供たちは、ちょっと国王に似ているのかもしれない。

コルトフィア国王がアルフォンス兄さんの隣に立ち、ルーゼリア王女を呼び寄せる。

いつもは腰までの長い髪を三つ編みでひとつに束《たば》ねているが、今日はゆるくウェーブのかかった髪をそのまま下ろしていた。

普段はクールな雰囲気だが、印象が変わって可愛らしい。

国王とアルフォンス兄さんの前に立って、ドレスの裾《すそ》をつまんで軽くお辞儀をする。

少し屈んだ際に、淡い黄色いドレスの裾が、ふわりと揺れた。

ルーゼリア王女が着ているドレスは、アルフォンス兄さん自ら発注したティリア製で、婚姻の発表の時にと用意したものである。

透けるくらい薄い布地は光沢があり、それを何枚も重ねているため動く度に軽い印象を与える。

その姿はさながら春の装いをした精霊のようだ。

「皆に改めて紹介する。グレスハート王国皇太子、アルフォンス殿下である。国内では悪評が流れていたが、それは全て偽りだ。ここ最近のアルフォンス殿下の功績を知っている者ならわかるであろう。アルフォンス殿下は聡明で優しく、正しい人物である」

参列している人々から、アルフォンス兄さんに向かって、大きな拍手が送られる。

「アルフォンス殿下とルーゼリアが婚約をして数年経つ。話はあったものの魔獣ボルケノのせいで成人の儀を行えず、先延ばしになっていた。しかし、先日クリティア聖教会ラミア大司教が、ボルケノは消滅したと宣言された。よって、ルーゼリアが成人の儀を終えた後、アルフォンス殿下との婚姻を行うものとする」

国王陛下はアルフォンス兄さんとルーゼリア王女の手を取って、二人の手を重ね合わせた。

二人に向けられた拍手は、先ほどのものより大きかった。

国王の挨拶が終わって歓談が始まると、目まぐるしいまでの挨拶ラッシュだった。

アルフォンス兄さんはもちろんのこと、俺にも挨拶の列ができる。

事前にお会いする貴族の名前などを予習していたからどうにかなったものの、頭がオーバーヒートしそうだった。

上流階級の集まりの中でも、こういうの苦手……。

見つからないように部屋の隅に移動し、深いため息をつく。

「お疲れ様です。どうぞ」

カイルとアリスが、俺に飲み物を持って来てくれた。

「ありがとう」

俺はグラスを受け取って一気に飲み干し、息を吐く。

「喉がカラカラになって張りつくかと思ったよ」

ずっと喋り通しの貴族たちは、一体いつのタイミングで喉を潤《うるお》しているんだろう。

「挨拶というのも大変ですね」

アリスが心配そうに俺の顔を窺う。

「僕よりアルフォンス兄さまのほうが、もっと大変だと思うけどね」

何しろアルフォンス兄さんは、断然、挨拶する人数が多いのだ。

「とりあえず一通り終わったから、後はバルコニーに並んで手を振るだけ」

言いながら広間を何の気なしに見回した俺は、こちらに一直線にやって来るセリナを発見した。

あ、まだこっちが解決してなかったなぁ。

歩いているのにセリナの気迫がすごいので、すれ違った人が皆振り返る。

そんなセリナの後ろからは、ラミアたちもやってくるのが見えた。

「ゼノに聞いたわよ。グレスハートの王子だったなんて。息も吸えないくらい驚いたんだから」

俺の目の前に来て、ズイッと顔を寄せるセリナに、俺は後ろに体を反らした。

「その王子様に対して何て態度だよ。クリティア聖教会の神官は、世間の身分制度から外れた存在とはいえ失礼だろ」

呆れつつも楽しそうなゼノを、ナタリーがジロッと睨む。

「あなたが教えなかったからでしょう。ゼノが教えるって言うから任せたのに」

「いやぁ、どれだけ驚くかと思って」

「おかげで一瞬息が止まったわよ」

頬を膨らませているセリナを見て、ラミアは困った顔をする。

「私も確認すれば良かったわ」

「私はゼノから、ボルケノ消滅のすぐ後に聞かされて。てっきりセリナも知っているものと思っていたからなぁ」

そう言って苦笑したクロードさんは、俺の前に立つと手を差し出した。握手を求めているとわかって、俺はその手を握る。

「山犬の魔獣討伐の際、我々を助けていただいた時も、ただならぬ方だと思っておりました。詳細は知りませんが、今回もラミア様たちの助けとなってくださったと伺っております。ありがとうございました」

クロードさんは穏やかに微笑み、セリナを振り返って優しく促す。

「……ほら、セリナもお礼を伝えたいと言っていただろう？」

そうしてセリナも、ペコリと頭を下げた。

「ラミア姉さまを助けてくれてありがとう」

セリナとラミアは血は繋がっていないものの、お互い姉妹のような関係だ。

心からの感謝に、俺も頭を下げる。

「僕も隠していてすみませんでした」

改めて謝罪をしていると、挨拶を終えたらしきアルフォンス兄さんとルーゼリア王女が、ハミルトン殿下たちを引き連れてやってきた。

部屋の隅に隠れていたのに、目立つ人たちが集結してしまった。

ルーゼリア王女はスカートの裾を摘まみ、ラミアに礼をする。

「この度はボルケノ討伐隊を編成してくださり、聖教会の方々には感謝しております」

「私たちは結界を張って食い止めていただけのこと。ボルケノは神の力によって消滅したのです」

ラミアは大司教らしい威厳のある声で返し、ニッコリと微笑む。

「いいえ、その結界こそが民を守ってくださったのです。ありがとうございます」

「マッデン司教にも感謝をお伝えください。神殿の破壊が免《まぬが》れたのは、マッデン司教のおかげですから」

ハミルトン殿下の言葉に、アルフォンス兄さんが反応する。

「マッデン司教のおかげとは？」

「ボルケノの調査で結界の中に入った際、神殿にも結界を張ってくれたんだ。ボルケノの隙をついてだから、完全なものじゃなかったそうだがな」

そう言えば、森を囲う結界の中に入った時、神殿の周りにはさらに結界が張られていた。

あれは誰が張ったものだろうと思っていたが、マッデン司教だったのか。

マッデン司教はフリューテという種類の馬を召喚獣にしている。フリューテは自分の周りの音と気配を消す能力を持っているから、ボルケノに気づかれずに結界を張れたのだろう。

「ボルケノが消滅して、成人の儀ができるようになって良かったよ。ルーゼリアはマッデン司教に結界を解いてもらって、自分でボルケノを倒すつもりだったらしいからな」

ため息をつくデニス殿下に、ルーゼリア王女は口を尖らせる。

「成人の儀を行わないと婚姻させないと、兄上たちが仰るからじゃないですか」

あぁ、結界があるのにどうやって入るのだろうと思っていたが、マッデン司教に結界を解いてもらうつもりだったのかぁ。

ルーゼリア王女の計画に、俺とカイルと三兄弟以外の皆が驚いていた。

「ルーちゃん、そんなことをしようとしていたの？」

アルフォンス兄さんの表情は穏やかだったが、ルーゼリア王女は慌てる。

「い、いえ。フィル殿下に止められましたから、やっていません！」

「でも、やろうと思っていたんだよね？」

ルーゼリア王女は助けてくれと、チラチラとこっちを見る。

俺は仕方なく、会話に割って入った。

「コルトフィアの皆さんは、マッデン司教と親しいのですか？」

コルトフィア王家はクリティア聖教の信徒だから、教会との関わりは多い。

だが、マッデン司教が危険を冒《おか》してまで結界を張ったり、ルーゼリア王女が頼ろうとしたりするなんて、何か特別な繋がりを感じてしまう。

「クリティア聖教の教えの授業で、うちの城に出入りしていたことがあったから」

モーリス殿下が俺に向かって、にこっと微笑む。

「え、マッデン司教がですか？」

驚く俺に、ナタリーが説明する。

「もともとコルトフィア出身ですし、支部を転々としていた時にも、一時期コルトフィア支部に在籍していましたからね」

ナタリーの言葉に、ラミアが補足した。

「そこから術者の腕を見込まれて、討伐隊へ移動したのです」

コルトフィア出身。しかも、支部を転々の理由ってもしかして……。

俺が生まれて間もなく発覚した、クリティア聖教会のグレスハート支部横領事件。

マッデン司教は事件に関わっていなかったものの、グレスハート支部がなくなって他の支部に異動したと聞く。

まさかコルトフィア支部にも異動していたとは……。

「ハミルトン殿下方は、マッデン司教から私のことを聞きましたか？」

アルフォンス兄さんの問いに、モーリス殿下の眉がピクッと動いた。

もしかして……三兄弟が婚姻を渋っていた理由って、マッデン司教からアルフォンス兄さんのことを聞いたから？

アルフォンス兄さんはとぼけているけど、マッデン司教が支部を転々としたのは、アルフォンス兄さんが教会支部の不正を暴いたのが原因だもんね。

悪評とまではいかないが、それに近いことは言われてそう。

「あ……その、少しだけ。でも、大したことは聞いてない」

モーリス殿下はそう言って、ぎこちなく笑う。

「そうですか。今度ゆっくり聞かせてください」

穏やかだが迫力のある笑顔を返され、今度はモーリス殿下が助けを求めて兄たちの方を見る。

しかし、兄たちはその視線から逃れるように顔を逸《そ》らした。

立場の弱い三男って、こういう時に気の毒だよなぁ。

アルフォンス兄さん、ほどほどにしてあげてね。

俺がモーリス殿下に同情していると、突然バルコニーの方から大きなどよめきが聞こえてきた。

歓声とも違うし、悲鳴とも違う。嬉しいけれど少し戸惑っているといった声だ。

しばらくすると近衛兵が国王陛下に何かを伝え、一気に広間が慌ただしくなる。

こちらにも近衛兵がやって来て、俺たちに向かって一礼した。

「国王陛下より国民へのお披露目を早めるとのことです」

バルコニーでのお披露目には、まだ時間があったはずだ。

「何かあったのか？」

ハミルトン殿下の問いに、近衛兵が再び一礼をして答える。

「城の広場にヴィノの群れが来ております」

「何だと？　ヴィノ遣いが連れて来たのか？　誰かが手配したのだろうか？」

コルトフィアにとって、ヴィノは神聖な山羊《やぎ》。ヴィノにまつわる言い伝えも多い。

その中に、ヴィノの群れが家を訪れると婚姻が早まるというものがあった。

それゆえ、ヴィノ遣いに頼んでヴィノを家に呼ぶこともあるそうだ。

ただ、実際に家へ行くかどうかはヴィノ次第。ヴィノ遣いに依頼しても、ヴィノが拒めば断られることもある。

「ヴィノ遣いもおりますが、どちらかと言えばヴィノの意思でこちらに来たようです」

「アルフォンス殿下とルーゼリアの婚姻を、ヴィノが祝福に来てくれたというのか……」

信じられないと言った様子で、ハミルトン殿下は息を吐く。

「フィル様、そのヴィノってもしかして……」

「ヴィノ村のヴィノたち……ですかね？」

アリスとカイルの囁きに、その可能性は高いと俺は頷く。

「とりあえず、バルコニーに行ってくる」

アリスとカイル、ラミアたちと別れ、王族の皆でバルコニーへと向かう。

外に出ると国民の歓声が上がった。そして、人々に交じり、ヴィノたちの姿が見える。

見覚えのあるヴィノたちだ。ヴィノ遣いのロデルさんもいる。

【我がヴィノの恩人！　祝福に来たぞ！】

ヴィノのリーダーが「メェー」と鳴くと、それに続いて他のヴィノたちも鳴く。

その中に、可愛らしい鳴き声も聞こえた。子ヴィノたちである。

【ちるたーん！】

ぴょんぴょんと飛び跳ねて俺の名を呼び、ここにいるよとアピールする。

俺はそんなヴィノたちに向かって、笑顔で手を振った。

「すごいです。王都にこんなたくさんのヴィノたちが集まるなんて……」

「ああ、コルトフィア王国史でも聞いたことがない」

ルーゼリア王女やハミルトン殿下たちは、広場を見回して驚く。

広場に集まった国民は、ヴィノたちに祝福された婚姻だと大騒ぎだ。

「グレスハート王国皇太子アルフォンス殿下と、コルトフィア王国ルーゼリア王女の婚姻に祝福を！」

「アルフォンス殿下、ルーゼリア殿下、おめでとうございます！」

良く通る声に驚いてそちらを見れば、劇団ジルカのリベルやユラ、グランたちだった。

ダリルさんも両手で振って、アピールしている。

俺たちがバルコニーから手を振ると、より一層歓声と拍手でいっぱいになった。

幸せそうなアルフォンス兄さんとルーゼリア義姉《ねえ》さんの姿に、俺は微笑む。

「アルフォンス兄さま、ルーゼリア義姉さま。おめでとうございます」

歓声が大きくて聞こえないかと思ったが、二人はこちらを見て微笑み返す。

「ありがとう、フィル」

## 番外編――指輪事件解決後

サルベールの宿屋のフィルの部屋では、フィルとアリスとカイルの会話が盛り上がっていた。

我――コクヨウには興味のある話題ではないが、特別やることもないので、寝転がりながら耳を傾ける。

内容は、先ほど窃盗団の仲間たちが避難していた倉庫での出来事だった。

「今回の協力で、ゾフィたちの罪が減刑されたのは良かったね。だけど、まさかダリルさんが最後、リアナさんに告白するとは思わなかったなぁ」

フィルの言葉に、アリスはしみじみと呟く。

「身分の高い方に告白するのは、とても勇気がいることですよね」

「リアナさんはダリルさんの好意に気がついていませんでしたし、指輪事件が解決したら近づくこともできなくなりますから。思い切った行動に出たんでしょうね」

カイルが言って、二人は「うんうん」と頷く。

「ダリルさんは残念だったけど、あのリスと召喚獣契約をしたのは良かったよ。失恋したダリルさんを、母親のように慰めていたからね。その気持ちが伝わったのかな？」

フィルが微笑むと、アリスもにっこりと笑みを返す。

「そうですね。契約できて、リスさんも嬉しそうでした」

「それだけが救いですね」

暇だから聞いていたが、やはり人間同士の色恋沙汰《いろこいざた》などつまらんな。

起き上がると、我に寄りかかっていたコハクがぽてんとベッドに転がった。

ヒヨコめ。また我を枕代わりにしおって。

コハクは寄りかかるものがなくなり、寝ぼけ眼《まなこ》で辺りをキョロキョロと見回す。すると、今度は近くで寝ていたホタルに駆け寄って、ぽふんと体を預けた。

ふわふわして暖かいらしく、幸せそうな顔で寝始める。

初めからそうしておれば良いものを。

我は「フン」と鼻息を吐き、ベッドから下りて窓辺へと向かった。

【あら、夜のお散歩ですの？】

窓辺に腰掛けていたヒスイが、我に声をかける。

【いなくなったとわかったら、フィルに怒られちゃうんじゃありません？】

クスクスと笑うヒスイに、我は鼻を鳴らす。

【たまには外の空気を吸わぬとな】

フィルがいない時、召喚獣たちを見張る役目を担っているヒスイだが、我に関しては特に止めることはない。力を持て余す我には、時として気晴らしが必要だとわかっているみたいだ。

幸いフィルたちは、話に夢中でこちらの行動には気がついていない。

我は鼻で窓を押し開け、宿の外へと下りる。

この街は夜だというのに、昼間のごとく明るい。

灯りを避けるように、街の防壁を飛び越えて近くの森へ入る。

街から離れれば、漆黒の闇《やみ》が我の体を溶かしてくれた。

小さい体から大きな体へと変化して、岩場に登って咆哮《ほうこう》する。

その音に、近くにいた小動物たちが一目散に逃げていった。

生き物の息遣いがなくなった森には、風に揺れる葉の音だけが聞こえる。

ここへ来たのは、懐かしい気配を感じたからだ。必ずいるはず。

すると、岩場の下の地面が音を立てて裂け始めた。土や根を落としながら地面の裂け目から顔を出したのは、太い胴の大蛇だ。

この者の名前は、ヘディロス。人の言葉の意味するところは、大地の王だ。

我同様に、古《いにしえ》の時代から長く生き続ける生き物である。

【おぉ、ディアロスか。闇の王、久しいのぅ】

ヘディロスは体の土を振るい落としながら鎌首をもたげる。その高さは、ちょうど岩場に乗る我の目線と同じになった。

【ヘディロス、まさかお前が大陸を渡っていたとはな。デュアラント大陸からお前の気配がなくなった時は、滅《めっ》されたかと思うたが】

我が言うと、蛇は目を細めて「クックッ」と笑った。

【あの大陸は、我ら古の生き物にとっては狭かっただろう。海底より下の地を這《は》って辿り着いたのさ。今は大陸を移動しながら、大地の栄養を得て暮らす、気ままな生活よ】

【フン、随分歳を取ったな】

鼻で笑うと、ヘディロスは大きく息を吐いた。

【我が長生きだとはいえ、お前のように不死ではない。歳も取るさ。お前さんは相変わらず、暴れ回っておるのか。わざと気配を抑えているようだが、内なる気はキラキラと光り輝いておる】

我の体を透かし見るように、ヘディロスは赤い大きな目でジッと見つめる。

【今は人間の召喚獣になっている】

【ディアロスが……人間の召喚獣?】

ヘディロスは目を瞬かせ、突然体をよじって笑い始めた。体の半分は未だに地面にめり込んでいるため、震動で我の乗っている岩や辺りの木々が揺れる。

【笑いすぎだぞ】

声の雰囲気で我の不機嫌を感じたのだろう。ヘディロスはピタリと笑いを止めて、元の体勢に戻った。

【力でへりくだったわけではあるまい。何故《なぜ》召喚獣になどなったのだ。その内なる気を見れば、魅力的なオーラを持つ人間であるのはわかるが……】

今度は興味深げに尋ねてくる。

【そうだな。魅力的なオーラを持っている。普通の人間は精神によってオーラに揺らぎが生じるが、我が契約したフィルはどんな危機的状況においても変わることがない。それに加えて、我を召喚獣にしても有り余るエネルギー。そんな人間など稀《まれ》だ。ただ、召喚獣になった理由は……面白いと思ったからだ】

【面白い？】

【考え方、作り出すものが面白い】

召喚獣は隷属《れいぞく》するものだ。それがこの世の常識である。

だがフィルは、小さな手を広げて『家族になってあげられる。家族は護《まも》るべきもの。対等でいたい』と言った。

さらには我を目の前にしながら、『無力な自分には、大事にするしかできない』、と。

その時のことを思い出し、思わず笑う。

【ディアロスが、そのような顔をするとはな】

少し驚いた目で見られて、我は訝《いぶか》しげに目を細める。

【強いがゆえに孤立していた。お前は拠《よ》りどころを見つけたのだな。……良かった。時々思い出しては、どうしているかと心配していたのだ】

しみじみと呟くヘディロスに、我は鼻にしわを作る。

【ヘディロスに心配されるとは……。お前、本当に歳をとったな】

【我自身、歳を取ったと認めておるだろう。何度も言うな】

さすがに怒ったのか、ヘディロスは荒く鼻息を吐く。

【しかし、お前の主人という者に会ってみたいな。有り余る力を持つならば、我を召喚獣にしても大丈夫なのではないか？】

【可能だが、お前は駄目だ】

我の顔を窺い見るヘディロスの言葉を一蹴《いっしゅう》する。

【何故だ！　歳は取ったが、大地を操る力は健在だ】

不機嫌そうに目を細めるヘディロスを前に、我は二本の尻尾を揺らす。

【我の主人は、残念ながら平和主義でな。そのうえ、もふもふを好むのだ】

【……もふもふ？】

目を瞬かせるヘディロスに別れを告げ、我は再び体を小さくして森を出る。

宿屋に到着すると、フィルの部屋の窓は大きく開いていた。

戻ってきた我を見て、フィルがホッと息を吐く。

「勝手にいなくなったら心配するでしょ。あー！　足も泥だらけだ」

そう言って、濡れ布巾《ぶきん》で我の足を一本一本丁寧に拭く。

綺麗になって満足げに息を吐いたフィルは、ハッと何かに気がついた。

「言うの忘れてた。コクヨウ、おかえり」

我の頭を撫でながら、フィルは優しく微笑んだ。

転生王子はダラけたい
1~2
原作 朝比奈和 Asahina Nagomu
漫画 堀代しじゃも Horishiro Shishamo
★★★
シリーズ累計
33（電子含む）万部突破
もふもふの召喚獣と一緒に
ぐ～たら生活！…と思ったら？
転生王子はダラけたい 2
新たな召喚獣はまんまるもふもふの毛玉猫
異世界のほほんファンタジー第2巻!!
シリーズ累計20万部突破

転生者の能力を決めるガチャで大当たりを引いた俺、アキト。おかげで、顔は可愛いのに物騒な能力を持つという、チート王子様として生を受けた。俺としては、家族と楽しく過ごし、学園に通って友達と遊ぶ、そんなほのぼのとした異世界生活を送れれば良かったんだけど……戦争に巻き込まれそうになったり、暗殺者が命を狙ってきたり、国の大事業を任されたり!?　こうなったら、俺の能力を駆使して意地でもスローライフを実現してやる!

◉定価：本体1200円＋税　◉ISBN：978-4-434-27441-1　◉Illustration：オギモトズキン

この作品に対する皆様のご意見・ご感想をお待ちしております。

おハガキ・お手紙は以下の宛先にお送りください。

【宛先】

〒150-6008 東京都渋谷区恵比寿 4-20-3 恵比寿ｶﾞｰﾃﾞﾝﾌﾟﾚｲｽﾀﾜｰ 8F
（株）アルファポリス　書籍感想係

メールフォームでのご意見・ご感想は右のＱＲコードから、
あるいは以下のワードで検索をかけてください。

アルファポリス　書籍の感想　検索

ご感想はこちらから

本書は Web サイト「アルファポリス」（https://www.alphapolis.co.jp/）に投稿されたものを、改稿、加筆のうえ、書籍化したものです。

転生《てんせい》王子《おうじ》はダラけたい 10

朝比奈 和（あさひな なごむ）

2020年 6月 30日初版発行

編集－篠木歩
編集長－太田鉄平
発行者－梶本雄介
発行所－株式会社アルファポリス
〒150-6008 東京都渋谷区恵比寿4-20-3 恵比寿ｶﾞｰﾃﾞﾝﾌﾟﾚｲｽﾀﾜｰ8F
TEL 03-6277-1601（営業）　03-6277-1602（編集）
URL https://www.alphapolis.co.jp/
発売元－株式会社星雲社（共同出版社・流通責任出版社）
〒112-0005東京都文京区水道1-3-30
TEL 03-3868-3275
装丁・本文イラスト－柚希きひろ
装丁デザイン－AFTERGLOW
印刷－図書印刷株式会社

価格はカバーに表示されてあります。

落丁乱丁の場合はアルファポリスまでご連絡ください。

送料は小社負担でお取り替えします。


ISBN978-4-434-27445-9 C0093